Miguel Delibes
El príncipe destronado

Miguel
Delibes

El príncipe
destronado

Comentado
por Antonio A. Gómez Yebra

Ediciones Destino
Clásicos Contemporáneos Comentados
Volumen 21

© Miguel Delibes
© Ediciones Destino, S. A.
Provença, 260. 08008 Barcelona
www.edestino.es
Primera edición: diciembre 1966
Primera edición en Destinolibro: mayo 1981
Reimpresiones: 1982, 1983, 1985, 1986, 1987,
1988², 1989², 1991², 1992, 1993², 1994², 1995²,
1996, 1997, 1998³, 1999, 2000, 2001, 2002
Vigesimonovena edición: junio 2002
ISBN: 84-233-1130-9
Depósito legal: B. 28.002-2002
Impreso por Liberduplex, S. A.
Constitució, 19. 08014 Barcelona
Impreso en España - Printed in Spain

Índice

INTRODUCCIÓN
Antonio A. Gómez Yebra

1. La novela

La undécima novela publicada por Miguel Delibes lleva como título *El príncipe destronado*, tres únicas palabras en las que se encerraba buena parte del contenido profundo de la obra.

El año de su primera edición, 1973, no debe llamar a engaño, cosa que ha sucedido a diversos críticos.[1] Ha de recordarse que el manuscrito tiene como fecha de inicio el 15 de marzo de 1964, y como fecha de terminación el 21 de abril de ese mismo año. Desde la aparición del anterior protagonista infantil, el Nini —*Las ratas*, 1962—, habían pasado once años, pero sólo dos si tenemos en cuenta la fecha de creación del nuevo personaje.

---

1. Muchos, en efecto, se han extrañado de que Miguel Delibes volviera al protagonista niño, cosa que no hacía desde *Las ratas*. E. Pauk reconoce que «parece a primera vista representar un paso atrás en su temática. La preocupación por la niñez [...] y la estructuración dentro de un período de tiempo limitado y muy breve, doce horas, parecen indicar una vuelta a la que fue su novela más popular, *El camino*. Decimos *parece*, porque, en realidad no es así». *Miguel Delibes: desarrollo de un escritor (1947-1974)*, Madrid, Gredos, 1975, p. 113.

Quiere esto decir que Delibes llevaba a su nueva obra un personaje principal en un estadio de vida vecino a otros de sus novelas no tan lejanas. Si bien había propuesto hasta ese instante chicos entre la pubertad y la adolescencia (Daniel, el Mochuelo, Roque, el Moñigo, y Germán el Tiñoso, en *El camino;* el mismo Nini de *Las ratas,* Sisí Rubes, en *Mi idolatrado hijo Sisí*), y apenas algún niño de menor edad y protagonismo, como la deliciosa Uca-Uca.[2]

Para *El príncipe destronado* Delibes lleva a cabo un salto en el vacío y se atreve con un protagonista de tres años cumplidos,[3] el más joven de todos los que hasta ese momento había situado en sus páginas. Y, sin duda, uno de los pocos personajes infantiles abordados con conocimiento de causa y con maestría en nuestra literatura «mayor» de esa época.

Entre el mes de abril de 1964 —fecha de conclusión de la obra— y el de diciembre de 1973 —fecha de publicación— la novela había permanecido durmiendo el injusto sueño del olvido. Un sueño injusto motivado porque Vergés, el editor del vallisoletano, no llegó a captar la auténtica valía del texto, e hizo dudar a su

---

2. Esto sin contar con otros personajes infantiles de la talla de Pedro y Alfredo, de *La sombra del ciprés es alargada*; o el Senderines, protagonista de su relato *La mortaja.*

3. «A mí me pareció siempre la principal dificultad tomar como protagonista a un niño de tres años y que se comportara como un niño de tres años; sostener una novela con ese protagonista [fue] un desafío a mí mismo. Siempre ha habido niños pequeños a mi alrededor. Yo cuando nací era el tercero de ocho hermanos, luego he sido padre de siete hijos y ahora tengo quince nietos, de modo que en mi vida siempre han revoloteado niños alrededor. Fue en efecto, un desafío: un más difícil todavía. Había manejado niños en *El camino*, en *La sombra del ciprés*, en *Sisí*, en *Las ratas*, pero nunca uno de tres años, que es la edad de Quico, otra de uno y medio, como tiene la hermana, y el mayor de cinco que son los que tiene Juan.» Palabras de M. Delibes en César Alonso de los Ríos, *Conversaciones con Miguel Delibes*, Barcelona, Destino, 1993, p. 175.

autor en el mismo sentido.[4] Delibes decidió entonces guardar el manuscrito porque hasta ese momento la opinión del editor había sido siempre acertada.

La novela dormía en un cajón, pero el creador, como es su costumbre, revisaba de vez en cuando los textos inéditos.[5] En una de estas revisiones, volvió a leerla, con la perspectiva que supone el distanciamiento en el tiempo, y consideró que era llegada la hora de editarla. Reticente todavía, sin una certidumbre absoluta, la sometió al criterio de Luis Silió, uno de sus hijos políticos, cuyo juicio no pudo ser más favorable.

De este modo hay que desestimar que la publicación hubiera sido paralizada por la censura, la cual, por otra parte, aún se manifestaba activa en aquellas fechas.[6] En 1973, un período político menos rígido en tales asuntos, el título de la novela podía pensarse que aludía al príncipe Juan Carlos, propuesto como sucesor de la corona de España el 22 de julio de 1969. No tenía nada que ver con el asunto de la obra, que, en todo caso, llevaba una dirección opuesta. La censura sugirió sustituir la frase de Femio «¡Qué jodío chico! —dijo—. No piensa más que en matar, parece un ge-

4. «Este libro, una vez concluido, me dejó un poco desconcertado porque yo no estaba convencido de que tuviese la calidad exigible. Incluso se lo di a leer al editor y Vergés me dijo: "No sé si será porque tengo demasiados hijos —tenía ocho— pero la novela no ha llegado a interesarme". Cuando Vergés dijo eso se me cayeron los palos del sombrajo. Entonces la guardé.» Palabras de M. Delibes a César Alonso de los Ríos, cit., p. 175.

5. «Lo que pasa es que de vez en cuando levanto la trampa bajo la que tengo escondido algún original. Y esa vez la levanté, la leí y me gustó.» Palabras de M. Delibes en C. Alonso de los Ríos, cit., p. 174.

6. «Parece que, empezando por el título, el libro no gustó demasiado [a la censura]. Pero como ya estaba editado, los cortes se limitaron a una página que hubo que sustituir por otra en una tirada de cerca de diez mil ejemplares. Una labor de chinos, como comprenderás.» Palabras de M. Delibes a Manuel Leguineche en *Cuadernos para el diálogo*, nº 128, mayo de 1974, p. 50.

neral», cosa a la que el autor accedió, poniendo en su lugar: «¡Qué jodío chico! —dijo— parece qué sé yo».[7]

En cuanto a las fuentes utilizadas para la redacción de la novela, no ha de olvidarse que Delibes suele admitir, entre sus primeras lecturas, las de *El pequeño príncipe*, *Alicia en el país de las maravillas*, las obras inmortales de Verne, Salgari, Zane Grey, etc., y que le ha llamado poderosamente la atención *Marcelino pan y vino*, de Sánchez Silva. Precisamente éste había animado a Delibes para que escribiese un libro destinado a los más jóvenes lectores.[8]

Los libros recién citados no pueden considerarse en puridad como fuentes, aunque algo de tales lecturas podría haberle quedado. Interrogado por la posible relación de la obra con la teoría freudiana que sostiene que no hay adulto absolutamente separado de su infancia, Delibes contestó: «A Freud le he leído con atención. He leído muchas de sus obras. Ignoro hasta qué punto puede haberme influido».[9]

Sobre este aspecto de la creación literaria suelen sentir curiosidad muchos lectores, hasta el punto de preguntar directa o indirectamente si el escritor vallisoletano saca sus personajes infantiles de su fantasía o bucea en su propia infancia. Ana María Matute, una de las grandes escritoras contemporáneas que, como Delibes, ha incorporado protagonistas infantiles en sus obras para el público adulto, ha contestado: «En

7. Las ediciones actuales han recuperado el sentido y el texto original. La información procede del propio autor.

8. «En cierta ocasión, Sánchez Silva me animó a escribir un libro para niños. Yo le advertí que no estaba preparado para tal evento y, con determinismo fuera de lugar, llegué a manifestar que escribir para niños era un don, como la poesía, que no estaba al alcance de cualquiera. El autor de *Marcelino pan y vino* resumió entonces su pensamiento al respecto en una frase escueta, sumamente provocativa: "Te advierto que escribir para niños no es escribir para tontos".» M. Delibes, «Escribir para niños», Cuadernos de literatura infantil y juvenil, n.º 61, p. 16.

9. Palabras de Delibes a M. Leguineche, art. cit, p. 49.

el caso de Delibes, yo no lo sé. Pero en mi caso por supuesto que sí».[10] El propio autor ha respondido algunas veces que toma características de sus personajes novelescos de gente de la vida real, de sí mismo, y de algunos de sus hijos y nietos. Y en cierta ocasión respondió que *El príncipe destronado* se le ocurrió desde que tuvo sus primeros hijos y descubrió la complejidad de su mundo y la general incomprensión hacia él.

Cuando escribía la novela, su hijo Adolfo tenía cuatro años, motivo que permite pensar en él como fuente directa de inspiración para la personalidad del protagonista: Quico. Apoya esta argumentación la existencia de un hijo anterior, Juan —el mismo nombre del hermano y compañero de juegos de Quico— y el de una hermana posterior, Camino, dos años menor que el personaje central, que se correspondería con la pequeña Cris. Delibes, sin embargo, desechó tal posibilidad al considerar que, de sus hijos, habría servido como modelo de comportamiento de Quico «cualquiera de ellos menos el último».[11]

Ello no es óbice para considerar que tanto Adolfo como Juan o Camino le sirvieran de referentes en asuntos puntuales a la hora de componer la obra.[12] Porque nadie ignora que el novelista castellano es un

10. La cita sigue en estos términos: «Cuando se escribe, no solamente sobre niños, sino sobre cualquier ser humano, el escritor se dedica a una especie de ... de cacería de recuerdos, vivencias, instantes. Una cacería en el bosque interior de uno mismo. Si no te planteas quién eres tú, ¿cómo vas a conocer a los demás?». En «La infancia, una constante en la narrativa delibiana», *Miguel Delibes, Premio Letras Españolas, 1991*, Madrid, Ministerio de Cultura, 1993, p. 240.

11. En M. Leguineche, cit. p. 48. Juan nació el 25 de marzo de 1956; Adolfo, el 5 de junio de 1960, y Camino —comparte fonema inicial con Cris— el 16 de julio de 1962.

12. En este sentido, ha advertido Dámaso Alonso: «Me han divertido también los niños-niños, y me maravilla tu conocimiento. Pienso que tienes presente todavía algunas estampas lejanas de tus hijos». D. Alonso, «Sabedor de hombres, niños y pájaros», *Diario 16*, «Suplemento semanal» nº 76, 21 de noviembre de 1986, p. I.

gran observador y que se mantiene atento a todo lo que ocurre en su entorno, sea éste rural o urbano, sean sus acompañantes jóvenes, adultos o ancianos, iletrados o cultos. «De ahí su precisión para el timbre exacto de un personaje, para la palabra justa, para el matiz que pone las cosas en su sitio.»[13]

Los tres niños que asumen el protagonismo en *El príncipe destronado* son niños absolutamente adaptados a la vida de ciudad, ciudad pequeña, capital de provincia, pero bien distintos por ello a los protagonistas de sus novelas anteriores, localizables todos ellos en ambientes rurales.

Porque la novela se localiza en una pequeña capital de provincia —donde existe la clásica «calle Mayor»—, una ciudad que, como en la mayor parte de los casos, es reflejo literario de Valladolid.

En esta ciudad, en un bloque de pisos cuyo solar puede haber pertenecido al clan —tía Cuqui tiene su vivienda en la planta de arriba—, habita la familia formada por Papá, Mamá, y sus seis hijos. Se trata de una casa amplia, con dos cuartos de baño, e incluye uno para juegos además de las habitaciones de los chicos, la cocina, y el cuarto de Vito, que parece servir también de pieza para las actividades de plancha.

Como han visto quienes se han ocupado de la novela, casi toda la acción se desarrolla entre las cuatro paredes de esa casa «bien» durante un tiempo real de doce horas.[14] Es, sin duda, «paradigma de un tiempo

---

13. Ramón García Domínguez, «De mis encuentros con Delibes», *Miguel Delibes, Premio Letras Españolas*, cit., p. 12.

14. Varios críticos, sin embargo, han observado que el tiempo interno de la obra es de once horas. Este cómputo es incorrecto. La novela comienza a las diez de la mañana, como se propone en el encabezamiento del primer apartado o capítulo, pero no termina a las nueve de la noche, como reza al principio del último. Éste se ocupa de sucesos que tienen una duración semejante a los anteriores, de modo que la acción termina, cuando Quico se duerme, a las diez de la noche. Un ciclo diurno, pues, completo.

más amplio que pertenece a la cronología subjetiva del autor».[15] Sólo se sobrepasan los márgenes estrictos del hogar en dos ocasiones: cuando Vito y Quico salen a hacer las primeras compras y unos cuantos encargos, a primera hora de la mañana, y cuando la madre lleva al niño al médico, entre las siete y las ocho de la tarde.

Es una novela, pues, marcada por un espacio y un tiempo urbanos, pero su autor, como es su costumbre, no describe la ciudad, «sólo lo imprescindible, no se detiene en el gran lienzo urbano, lo que para Delibes cuenta y le interesa es el paisaje interior, porque es la suya novela burguesa de interiores, no de calles y plazas».[16]

2. Los personajes

En la novela se proponen dos clases de personajes absolutamente distintos, aunque en continua relación: los niños y los adultos. Entre aquéllos cabe distinguir, asimismo, dos grupos: el formado por los tres menores, que comparten un día de relaciones intensas porque no van al colegio[17] —Juan, Quico y Cris—, y los hermanos que pasan la mayor parte del día fuera de casa. En éstos sobresale Pablo. De los adultos pueden hacerse tres grupos: el de los padres —al que cabe incorporar a tía Cuqui, como miembro de la familia—, el de las criadas, y el de los restantes personajes.

15. Esther Bartolomé Pons, *Miguel Delibes y su guerra constante*, Barcelona, Anthropos, 1979, p. 35.

16. Francisco Umbral, «Drama rural, crónica urbana», en *Miguel Delibes. Premio Letras Españolas*, cit., p. 67.

17. Quico y Cristina porque no tienen edad para ello; Juan porque está enfermo.

2.1. *Los niños. Quico*

Quico, el protagonista de la obra, es una de las creaciones geniales de su autor. Se trata de un niño de tres años bien cumplidos, que está convirtiéndose en un investigador, en un explorador de su mundo. Quiere conocer lo que le rodea desentrañándolo todo, llegando hasta sus últimas consecuencias.

Es un niño urbano, estrechado en los límites de un piso que, con todo, parece suficiente para sus necesidades de espacio.[18] Un niño acuciado por la necesidad de recuperar el amor materno que está observando cómo se desplaza en otra dirección: la de su hermana Cris.

La pérdida por desplazamiento del amor materno desencadena la trama, ya que el niño echa en falta la cálida presencia de la madre, quien se ocupa ahora de otras labores y de otra persona que la necesita más.

Buena parte de la actividad de Quico se dirige, por esta razón, a llamar la atención de su madre, de quien está perdiendo de tal forma la perspectiva que no llega a verle la cara, quedando convertida a lo largo de casi toda la novela en una bata de flores rojas y verdes.

La primera llamada de atención a la madre aparece en los primeros compases de la obra, cuando el niño expresa a voz en cuello que se ha despertado. Es, quizás, reminiscencia de una fase anterior de la infancia en que el niño ensaya todo tipo de sonidos por su calidad de tales, pero sobre todo por la reacción

18. Bien opuesto, por cierto, a las necesidades del propio Delibes-niño, que, según sus propias palabras, «de niño, en mi piso urbano, donde mis padres me nacieron, yo vivía desazonado, buscando, como los perros de caza encerrados en un automóvil, una rendija por donde penetrase un soplo de aire vivificador. Mi avidez me llevaba más lejos». M. Delibes, «Un hombre de aire libre», en *Pegar la hebra*, Barcelona, Destino, 1990, p. 197.

que producen en los mayores —a veces de alegría; otras, de pánico—. Gritar fuerte es una costumbre infantil que dura aproximadamente hasta los tres años y que le causa no poca diversión, pero que abandona paulatinamente al acercarse a los cuatro.

El grito de Quico al despertarse es una toma de contacto también con el nuevo día, una especie de saludo inicial, animal, un salir de su ensimismamiento, un abrirse a los demás, un redescubrimiento del mundo y de su lugar en él.

Sin embargo, ese grito que inicialmente y, sobre todo, va dirigido a captar la atención de la madre, no encuentra el eco apetecido, pues ella hace oídos sordos al mensaje intrínseco y manda en su lugar a una sustituta: Vito.

El niño, pese a todo, está en buena disposición para la relación con los adultos, como demuestra su primer juego —el escondite entre las ropas de la cuna— a través del cual ofrece las primeras muestras de su genuina inocencia.

Quico, se verá a través de la novela, «es como el buen salvaje, un Cándido que hace preguntas ante el mundo. Quico es el protagonista ingenuo».[19] Y su ingenuidad se corrobora a cada paso.

Nada más despertar descubre, como si de un habitante del paraíso guilleniano se tratara, las cosas que la luz de la mañana pone ante sus ojos de recién nacido al día. Esa luz que arranca destellos multicolor en todas las cosas, como hermoso muestrario de la infinitud de los seres creados, le permite ver con los ojos de la carne y con los ojos de la imaginación. Quico, que distingue la lámpara de amplias alas que sube y baja, la reconoce como «el Ángel de la Guarda» porque como cualquier chico de su edad «está en posibilidades de representar en su mente por primera vez,

19. Carmen Bravo-Villasante, «La infancia, tema constante en la narrativa delibiana», cit., p. 225.

ya no sólo un percepto, que al fin y al cabo se refiere a un objeto percibido, sino también significantes, palabras, imágenes, que tienen como común denominador el no representar objetos inmediatamente percibidos, aunque originalmente lo hayan sido».[20]

En su ingenuidad Quico acepta como auténtica, como real, la visión que su fantasía —sin duda azuzada por su hermano Juan— le propone. El Ángel de la Guarda, que ha llegado a ser la lámpara en cuyos cristales se configura el arco iris, tiene entidad propia en la mente del chico. Es otro ser auténtico, incluso corpóreo, como tantas otras criaturas que «no son meros reflejos, sombras, engaños adorables y tantas veces efímeros, sino las mismas criaturas del mundo. La imaginación como una facultad que no quiere la transfiguración de las cosas sino simplemente su contemplación, la restauración de ese saber inocente, que sólo existe en la mirada del niño».[21]

La ingenuidad incontaminada de que Quico hace gala es, en gran medida, una de las causas del éxito de la novela, ya que cualquier lector, de cualquier edad, de cualquier lugar del mundo, reconoce lo primigenio de su actitud, y descubre en ella una etapa feliz —quizá la más feliz— de su propia existencia.[22] La maestría del narrador castellano no se verifica casi nunca en la descripción de sus personajes, que suele

20. Guido Macías-Valadez Tamayo, *Introducción al desarrollo infantil*, México, Trillas, 1994, p. 173, col. iz. La cita continúa en estos términos: Tal es el caso de las fantasías, en que las imágenes visuales cobran un sentido diferente, o las palabras cuyo significante cultural-familiar conceden al niño su entrada en el mundo de la comunicación verbal.

21. Gustavo Martín Garzo, en «La infancia, una constante en la narrativa delibiana», cit., pp. 232-233.

22. «Delibes usa a sus personajes infantiles para criticar a los mayores. Los presenta espontáneos e ingenuos, tratando de descubrir el mundo de los adultos.» Ignacio Elizalde, «La actitud de Miguel Delibes ante la realidad», en C. Cuevas (ed.), *Miguel Delibes. El escritor, la obra y el lector*, Barcelona, Anthropos, 1992, p. 290.

ser parca en detalles. Su mérito se basa en la caracterización de los mismos, realizada a través de sus palabras y de sus hechos, y basada en aquella dedicación a observar su entorno que se advirtió más arriba.

Esa misma ingenuidad natural de Quico es la que le hace manifestar a Vito, con alegría y cierta dosis de asombro, que no ha mojado las sábanas, una cuestión presente en todos los pasajes de la obra. Porque el niño, que aprende por repetición, se manifiesta también reiterativo en una serie de asuntos que considera básicos en su existencia diaria. Estos asuntos se pueden englobar en todo aquello que supone un *acontecimiento*, tanto sus éxitos personales como sus fracasos, así como todo lo que le conmociona por algún motivo. En esta línea podemos considerar sus constantes comentarios sobre su propio control de esfínteres y el de su hermana Cris; la muerte del «Moro», el gato de la vecina, que conlleva una gran carga afectiva; los asuntos del más allá, que está empezando a descubrir en sus aspectos negativos; o todo lo referente a la guerra en la que su padre tomó parte activa.[23]

Su prístina ingenuidad recibirá, sin embargo, algún que otro asalto. A lo largo de la historia el niño se irá percatando de que el mundo no es como él lo imagina, en especial el mundo de los mayores, quienes son capaces de mentir y de ponerlo a él por mentiroso, a sabiendas de su indefensión en ese sentido,

23. «Con Quico como principal centro de la narración de conciencia, Delibes relata las precarias victorias del niño y derrotas en su aprendizaje de aseo, su resistencia a comer la comida que le ponen por delante, sus esfuerzos para llamar la atención, los traviesos juegos con su hermana menor que producen una rápida retribución, y algunos otros entretenidos tanto como significantes incidentes que constituyen el menos que seguro, confortable y deseable mundo de Quico.» Janet W. Díaz y Ricardo Landeira, «Structural and thematic reiteration in Delibes's recent fiction», *Hispania*, 63, nº 4 (diciembre de 1980), p. 674. La traducción es mía.

pues, ¿quién va a hacer caso de un niño, cuya fantasía desborda los límites del imaginario adulto?

Por ello, en la novela asistimos a un ataque nada velado a su inocencia, ya por parte de las criadas —Domi especialmente—, ya por personas ajenas a la casa —como Femio y Santines—, ya por parte de sus padres, que lo utilizan como pelota de ping-pong en su incorrecta conversación de sobremesa, ya por parte de su hermano Juan, que alimenta sus miedos.[24]

El acoso de los mayores —hermanos, criadas, padres— a su ingenuidad puede considerarse una manera de educar al chico, pero este tipo de educación, este «destete» se basa, en todo caso, en cuestiones negativas, y producto de una sociedad más preocupada por las convenciones que por las convicciones. Una sociedad bastante hipócrita que hurga las heridas en lugar de prevenirlas o colocarles un apósito.

Así puede considerarse el alimentar los miedos de Quico a determinadas situaciones o personajes, o la actitud provocativa de las criadas cuando amenazan con cortarle el pito si vuelve a orinarse encima. A los temores corrientes de un niño de esa edad, quienes están a su lado para ayudarle no hacen sino añadir otros de tipo irracional que no le corresponde asumir. Y en este sentido —quizás sólo en éste— han de admitirse unas palabras de Esther Bartolomé Pons cuando advierte: «También Quico pertenece al grupo de los marginados. Por eso, detrás del argumento superficial

24. «Quico, continuamente regañado porque es malo, comienza a aceptar su propia imagen; enfrentado con las mentiras e hipocresía de la niñera por horas, Domi, y todavía peor, de la mentira de su madre que contradice a Quico la versión de los acontecimientos, el niño imita los modelos adultos intentando negar o disimular la verdad. Tales mecanismos de defensa no obstante, residuos de su prístina inocencia, quedan en ambos protagonistas [Quico y Pacífico Pérez] y sirven para argumentar en cada uno el sentido de alienación, de ser diferente y solo.» Janet W. Díaz y Ricardo Landeira, art. cit., p. 682, col. iz. La traducción es mía.

—el niño mimado que deja de ser el centro del cariño absorbente de la madre ante el nacimiento de una hermanita—, *El príncipe destronado* es una crítica acerba que, dirigida al punto más vulnerable y al aspecto más cruel, incide en la temática clave de Delibes: nuestra sociedad deshumanizada y tecnificada».[25]

Pero la verdad es que Quico no sólo encuentra respuestas para todo, sino que se desenvuelve en la vida con una soltura cada vez mayor. Pese a que al constatado control nocturno de esfínteres le falta el refrendo diurno, eso no significa que el proceso educativo se haya detenido en un aspecto concreto. Bien al contrario, pues en esa etapa evolutiva el niño suele posponer las cosas demasiado, retorciéndose y «bailando» de un lado para otro, hasta el punto de que en muchas ocasiones empieza a mojarse los pantalones unos segundos antes del momento adecuado. Justo lo que le ocurre a Quico escuchando absorto los romances de Domi.

También su desenvoltura es la normal en cuanto a dormir toda la noche de un tirón, y en cuanto a los juegos que lleva a cabo. La de los tres a los cuatro años es una etapa en que el transporte sobre ruedas se convierte en un símbolo de prestigio para los niños. Si entre los dos y los tres años cualquier chico se limita a arrastrar un cochecito de un lado para otro, doce meses después tiende a montarse en un triciclo,[26] tal como hace Quico entre la una y las dos de la tarde, cuando, tras amarrar el fuerte al triciclo, lo

---

25. *Miguel Delibes y su guerra constante*, cit., p. 33.
26. El niño de tres años «corre de una manera más uniforme, acelera y disminuye la velocidad con mayor facilidad, sigue las curvas más cerradas, y se las arregla para detenerse de golpe. Él o ella pueden subir con facilidad por las escaleras sin ayuda, alternar un pie y luego otro, y saltar hasta 30 centímetros con los dos pies juntos. Ahora el niño está listo para un triciclo», Mussen, Conger, Kagan, *Aspectos esenciales del desarrollo de la personalidad en el niño*, México, Trillas, 1988, p. 151.

convierte en un camión con remolque al que posteriormente echará gasolina.

De sus juegos, sin duda alguna; destaca por méritos propios —otro gran acierto de Delibes— el repetitivo con el tubo vacío de pasta dentífrica. Un tubo que utilizará como camión, barco, cañón, más tarde un avión, el botón interruptor de la tele y, en último término, una pistola. Delibes escribe su novela en una época en que los niños utilizaban pocos juguetes «hechos», desarrollando más, por ello, su imaginación que los niños de veinte o treinta años después, limitados a la concreción y, por tanto al uso exclusivo de cada juguete en cada juego. Eso no significa la inexistencia de juguetes perfectos en la época en que se redacta *El príncipe destronado*. En la obra, el niño pide a su padre un tanque, y en la casa existe un pájaro de baquelita, que los Reyes le habían traído, aparte del fuerte recién citado, el triciclo, y una escopeta. Por su parte, Juan, el hermano inmediatamente anterior a Quico, tiene tebeos de *El Cosaco Verde* y *La Conquista del Oeste*, que actúan como elementos de diversión.

Es evidente que Delibes aboga por los juguetes poco específicos, como advertimos por la disposición de Quico a recoger las chapas de las botellas de refrescos en la tienda de Avelino, objetos que guardará con el mismo empeño que el multifacético tubo de pasta dentífrica, el botón que se convertirá en un disco, o la punta que originará el falso drama.

Los juegos de Quico demuestran, asimismo, que está en una etapa de socialización. Aunque lleva a cabo juegos individuales como los efectuados con el triciclo, disfruta ya los colectivos, en este caso con Juan y Cris, al jugar a los indios o a guardias y ladrones. Cierto que no lleva la voz cantante cuando entra en escena el hermano de cinco años, pero no lo es menos que asume el papel protagonista a la hora de poner un supositorio y pintarrajear a su hermana.

Quico y sus hermanos compañeros de travesuras

«son felices cuando se encierran en el cuarto de los juegos, lejos de la malhumorada Domi y la destemplada madre»,[27] pero no comparto que el papel esencial de Quico sea el de víctima de un mundo hostil.[28] El mundo al que el niño se está abriendo es probablemente hostil, pero no se advierte que él sea una víctima. Más bien se trata de un ser privilegiado, tanto por la seguridad familiar como por el trato que recibe de Vito, que es la encargada de su cuidado.

Por otra parte, Quico no se muestra especialmente violento, como sería de esperar si se sintiese víctima, y eso pese a que «los infantes de dos o tres años tienen arranques de ira y son más propensos a golpear, empujar y patear a otras personas que los niños mayores».[29] Sólo demuestra irascibilidad cuando se siente inseguro o ha cometido algún desliz. Por ejemplo tras haberse «repasado», momento en que recibe a quien se preocupa de él con términos poco amables. Es entonces cuando se le hincha la vena de la frente y grita: «¡Mierda, cagao, culo!».

Y demuestra su afectividad a flor de piel cuando ve llorar a Vito en la escena con Femio, y cuando señala a su madre que no quiere que se marche Domi. Desde luego, él «lucha para ser el centro de atención, pero es el quinto de seis hermanos, entre Juan y Cris, la nueva hermanita, que aún no sabe hablar».[30] Claro que, como advierte el dicho, «no hay quinto malo».[31]

27. Janet W. Díaz y Roberto Landeira, cit., p. 682, col. iz. La traducción es mía.
28. «El papel esencial de los dos protagonistas [Quico y Pacífico Pérez], ambos débiles e ingenuos por comparación con quienes los rodean, es que de víctimas, son arrinconados por un mundo hostil.» Ibid. id.
29. Mussen, Conger, Kagan, cit., p. 182.
30. E. Pauk, cit., p. 113.
31. Delibes coloca esta expresión en boca de una Señora con abrigo de pieles a quien se encuentran en la calle Vito y Quico en su primera salida.

Queda por aclarar, desde luego, si realmente «Quico es uno de esos niños «dotados». [Ya que] como Daniel de *El camino*, él ve muchas más cosas de las que entiende».[32]

En este sentido, es innegable que el protagonista de la obra encuentra en su entorno asuntos que no comprende y que, en ciertos momentos, lo dejan perplejo, como la discusión de sus padres, elementos del más allá, o cuestiones léxicas que no está en disposición mental de discernir, sobre todo cuando funciona la ironía o existe polisemia. Pero Quico más bien parece dibujado como un niño normal de tres años largos, interesado por lo que encuentra a su alrededor,[33] capacitado para asociar ideas, dispuesto a admitir compañeros de juegos y preparado para aprender todo tipo de cosas.

2.2. *Los padres. La tía Cuqui*

Parece fuera de duda que el protagonismo de la obra recae en las espaldas de Quico, un protagonismo que en determinados momentos comparte con Juan y Cris, como se ha visto en el apartado anterior. Pero el papel de los padres —en especial, de la madre— es de primer orden, tanto por ser los progenitores cuanto por encarnar posturas encontradas en cuestiones ideológicas que los convierten en opuestos irreductibles.

Lozalizar sus nombres propios en la obra no es tarea fácil, pues en la mayor parte de los casos asu-

32. E. Pauk, cit., p. 113.
33. «Cabe preguntarse por qué Delibes elige a menudo protagonistas infantiles para sus relatos. Quizá quiera destacar en la visión infantil esa *curiosidad* que luego inevitablemente pierde el adulto, mucho más apta para contemplar las cosas como son y no como los prejuicios posteriores señalan como deberían ser.» Fernando Parra, «Delibes al aire libre: un ecologista de primera hora», en *Miguel Delibes, Premio Letras*, cit., p. 82. La cursiva es mía.

men como tales los de su función familiar —Mamá y Papá—, nombres que funcionan en esta novela como los apodos lo hacen en otras muchas del escritor vallisoletano. Habrá que esperar hasta la mitad de la novela[34] para encontrar el de la madre —Merche—, que conocemos a través de tía Cuqui. Y hasta el último tercio de la obra[35] para descubrir el del padre —Pablo—, en labios de idéntico personaje.

Mamá y Papá forman un matrimonio demasiado común en la España de posguerra, cuando, pese a las notables diferencias entre los cónyuges, éstos permanecían unidos por el vínculo y por la necesidad de cuidar de unos hijos comunes, época en que el divorcio se veía como algo muy lejano. Refiriéndose a este asunto, Luis Carlos Restrepo acierta plenamente al advertir: «Es asombroso ver parejas que conviven durante años maltratándose mutuamente, generando niveles de agresión que asfixian y hacen irrespirable el ambiente conyugal. Es frecuente, incluso, que muchos de ellos lleguen a una edad avanzada hiriéndose sin descanso, descalificándose y reprochándose el uno al otro, tanto en público como en privado».[36]

El matrimonio Merche-Pablo no funciona, tal como llega a confesar ella a su cuñada Cuqui.[37] No funciona porque no han sido capaces de respetarse mutuamente, porque no han querido o no han sabido limar sus diferencias, porque no han querido ceder en su posicionamiento político. En definitiva, no funciona porque no se han amado hasta el extremo, o porque han perdido el enamoramiento que, se supone, los unía en principio. Porque, de no ser así, habrá de concederse que la suya no era sino una alianza

---

34. El pasaje está en el apartado donde se desarrollan las acciones a partir de las cuatro de la tarde.
35. Se localiza este pasaje entre las ocho y las nueve de la tarde.
36. *El derecho a la ternura*, Barcelona, Península, 1997, p. 108.
37. «Lo nuestro hace años que ha terminado... Pero están éstos [los hijos] y hay que fingir.»

económica y social corroborada por un sacramento que permite los intercambios sexuales destinados a tener hijos. Y éstos son el único vínculo que resta a la pareja, una pareja convencional, pero en la cual se está produciendo un cambio que refleja en algunos sentidos los nuevos tiempos que se viven en España.

Incluso los hijos se ven ya más como un arma para alcanzar el triunfo sobre el otro que como un medio para recuperar el amor perdido. Así lo permite comprobar la utilización de Quico cuando Papá quiere criticar la ideología de Mamá, o cuando ésta intenta que su hijo mayor piense por sí mismo, despegándose de la postura socio-política paterna.

Lo que resulta claro es que cada uno de los integrantes de esta pareja doliente se ha buscado el complemento afectivo que hace tiempo perdió en el otro miembro del matrimonio. El padre apenas hace acto de presencia en casa para almorzar, deteniéndose en el trabajo más tiempo del que parece oportuno. Esto, y algunas situaciones y expresiones desperdigadas por el texto, permiten suponer, como advierte Donald W. Tucker, que tiene una amante.[38] Merche, a su vez, por su actitud con Emilio, el médico de cabecera de la familia, nos induce a pensar que, cuando menos, está iniciando un idilio extramarital.

El idilio de Mamá con el médico queda dibujado de una manera un tanto difuminada, pero no por ello pasa desapercibido. Una vez en la consulta de Emilio se la nota más aliviada, y esto no se debe sólo a la labor tranquilizadora —por profesional— del médico. Éste, extralimitándose en sus funciones, toma la mano de Merche mientras le habla del complejo de príncipe destronado. Ella acepta el contacto físico, un

38. «That Merche´s marriage has gone sour and that her husband has a mistress are implicity acknowledged when Merche says to her sister-in-law: "lo nuestro hace años que ha terminado".» «The Emergence of Women in the Novels of Miguel Delibes», *Hispania*, LXXI, nº 1, 1988, p. 40.

contacto que, podemos interpretar, va más allá de la mera caricia relajante: se integra en los gestemas de posesión y de sensualidad. Si Mamá llega a retirar la mano y se levanta «como enfadada con el Fantasma», se debe a sus dificultades para aceptar que Quico esté sufriendo el complejo cuyos síntomas resultan evidentes para todos excepto para ella. Por otra parte, la conversación que mantiene con Emilio por teléfono para comunicarle que todo ha sido una falsa alarma, no deja lugar a dudas de que entre ambos existe una relación, por muy incipiente que sea:

> Mamá reía ahora nerviosamente, como suelen reír las colegialas de dieciséis años la primera vez que se les acerca un muchacho:
> —Sí... ya hablaremos... no me atrevo... cualquier otro sitio... sí... ya... claro... sí... de acuerdo... de acuerdo... están aquí... no puedo ahora... también yo tengo ganas... sí, ya lo sabes... lo sabes de requetesobra... bueno... eres tonto... de acuerdo... adiós.

Asistimos a un acuerdo para una cita entre Mamá y Emilio. Las elusiones indican que hay declaraciones previas, declaraciones de amor, por supuesto. Si él, en su despacho la había denominado con el diminutivo afectivo «bobita», ahora ella lo llama «tonto», que significa una camaradería similar. Por fin, cuando termina la conversación telefónica, Mamá «colgó sin cesar de sonreír».[39]

La posibilidad de la separación o del divorcio, entre «gente bien», entre católicos asociados al Régimen, es muy remota. Ambos miembros de la pareja conviven y mantienen relaciones sexuales como dere-

---

39. «That Merche takes her "revenge" is suggested during her telephone conversation with the family doctor, who calls ostensible to inquire about Quico's wellbeing. Her giddy, surreptitious remarks clearly indicate an adulterous relationship for wich Merche appears to feel no compunction.» Donald W. Tucker, art. cit., p. 40.

cho y obligación del matrimonio, que ha de criar hijos para el cielo.[40]

Por ello, una frase de tía Cuqui resulta un tanto enigmática cuando Merche le confiesa que su vida es una comedia:

> —Eso no —dijo—. El matrimonio se hace y se deshace entre dos. Tuvisteis unas relaciones lo suficientemente prolongadas para conoceros. El matrimonio no se rompe si uno no quiere. Y puesta a hacer comedia, ¿por qué no lo tomas más arriba y finges con tu marido?

La pregunta es: ¿en qué debe fingir Merche? Porque ésta acaba de referir a su cuñada que vive «actuando», y en ese sentido ya está fingiendo[41] más de lo saludable. ¿La está incitando a mantener relaciones extramatrimoniales? En este caso estaríamos ante una tía Cuqui muy valiente, y, desde luego, poco convencional, porque no podemos olvidar que están hablando de su propio hermano, por muy poco civilizado que sea.[42]

Esa posible —y tal vez sugerida por tía Cuqui— relación de Merche con otro hombre puede considerarse como una revancha. Una revancha de connotaciones que desbordan el ámbito familiar. Papá es un auténtico cretino, cuyo único mérito en la vida es haber luchado en el bando vencedor de la guerra civil

---

40. Esto lo demuestra el hecho de que aunque el amor entre Pablo y Merche «hace años que ha terminado», Quico ha nacido hace menos de cuatro, y Cris, la más pequeña, no alcanza los dos años. La falta de amor entre los integrantes de la pareja es acaso lo que ha hecho olvidar a Papá cuál es la edad de Quico. ¿Tendrá Papá otros hijos fuera del matrimonio?

41. Sea fingimiento o no, lo cierto es que, cuando se aproxima la hora de llegar Papá a casa, ella se acicala, pintándose ojos y labios.

42. La relación de tía Cuqui con su hermano Pablo no es nada satisfactoria. Ella conoce perfectamente su forma de ser. Hasta el punto de afirmar que no podría convivir con él: «Yo con mi hermano no hubiera podido vivir ni dos días [...]. Es un carácter, el de Pablo, que me puede, me saca de quicio».

y haber matado durante ese período no menos de «cien malos».

Por esa razón —su bando era el «honrado»— se cree en posesión de la verdad, y sus pensamientos son irrefutables. Sus hijos estarán obligados, por idéntico motivo, a defender sus propios ideales. Unos ideales que no necesitan discusión y que todos han de compartir porque sí, porque los reciben de su padre como parte del legado genético.

A Papá le sobra ironía para luchar contra su mujer, pero le falta persuasión a la hora de imponer sus criterios. Cuando se percata de que tiene bien poco que hacer en ambos sentidos, porque sus razones son viscerales, se comporta como un troglodita, arrojando a Mamá un plato que pasa planeando por encima de las cabezas hacia el salón, donde se rompe en mil pedazos. Utiliza la razón de la fuerza, olvidándose de la fuerza de la razón: una muestra de violencia que tiene mucho que ver con su pasado bélico.

Desde luego, su actitud en el hogar no puede ser más desabrida. Nada más llegar había pedido un whisky, cosa que hizo en un tono suave, pero que no ocultaba su costumbre a *ser servido* por las criadas y por Mamá. Y, de inmediato, para enfriar más el cuadro, había solicitado «un glace», expresión con la cual distanciaba más la relación entre ambos.[43] Por fin, la llama *esposa*, en lugar de *cariño*, *Merche*, o *Mamá*, términos que hubieran supuesto cierta cordialidad o ternura entre los dos. *Esposa*, no hemos de pasarlo por alto, encierra también un significado de posesión: ella está presa a él, aunque no sea por unas manillas de hierro sujetas a sus muñecas, sino únicamente por un anillo que debe llevar en el dedo anular de su mano derecha.

43. Con esta expresión francesa él demuestra ser un hombre cosmopolita, un hombre de mundo, en oposición a Merche, que es una mujer encerrada entre las cuatro paredes de su casa.

Quizás por ello las simpatías del lector se dirijan decididamente hacia Merche, de la misma forma que se habían dirigido hacia Mario. Éste y aquélla serán injustamente ofendidos por sus respectivos cónyuges, y por lo general se toma partido por los más débiles, por los oprimidos, por los marginados.

Sabemos, sin embargo, que Mamá no es perfecta, ni mucho menos. Desde las primeras páginas de la novela se presenta como una mujer agobiada por las labores domésticas, por el cuidado de sus hijos, por la resolución de los problemas que le provocan las criadas. Es una mujer angustiada, en continuo estrés, que busca repetidamente el auxilio del cigarrillo; una madre que ha desatendido por completo el cuidado de Quico para dedicarse a múltiples funciones caseras y a su última hija, Cris. No es perfecta como esposa, ni como madre,[44] ni como ama de casa, pues no se decide a despedir a Domi pese a que ésta incumple repetidamente sus atribuciones.

Condenada al cuidado del hogar —de profesión «sus labores»—, cada día supone un nuevo martirio: «Her "quiet day at home" includes noise and confusion, dirty diapers and wet pants, a quarrel with her husband, fights between Quico and the older Juan, who is home sick from school, disputes between the servants, near disaster with the baby, and an emergency trip to the doctor».[45]

Merche lleva en solitario las riendas de la casa, y el día en que se desarrolla la novela es particu-

44. En este punto se puede considerar que ha cumplido sus deberes por haber dado a luz a seis hijos. Ello le ha servido no para realizarse en la vida, sino para cargarse de obligaciones. Su función como educadora de los hijos deja también mucho que desear. Con Quico, cuya desgana a la hora de comer padece como si se tratase de un asunto de vida o de muerte, intenta un chantaje económico ofreciéndole una peseta por cada bola de espárrago que trague.

45. Phyllis Zatlin Boring, «Delibe's two views of the Spanish mother», *Hispanófila*, nº 63, mayo de 1977, pp. 86-87.

larmente aciago. Llegará un momento, entre la una y las dos de la tarde, en que exclamará: «¡Estoy aburrida de niños! ¡No puedo más!». Y algo después, hacia las cuatro, reconocerá ante tía Cuqui: «Estoy horriblemente fatigada. Continúo en crisis parcial, ¿sabes?».

La crisis, producida en buena medida por el servicio, que la obliga a trabajar más de la cuenta —desatendiendo por ello a sus propios hijos, cosa que habita en su subconsciente— se manifiesta en la relación con los más pequeños de la casa, sobre quienes descarga su ira en forma de gritos y algunas palmadas en el trasero.

Indudablemente se salva de la depresión por su carácter indomable, un carácter que queda manifiesto en su manera de pisar: «Por las tardes las pisadas de Mamá sonaban más que por las mañanas. La Vítora decía: "Lo que más me gusta de tu mamá es cómo pisa". Su taconeo era firme y rápido cuando se dirigió al salón».

Es el de Mamá un temperamento nervioso, que puede adquirir matices de histeria, como ocurre con el suceso de la punta supuestamente tragada por Quico, que pone en funcionamiento su adrenalina. Conocido el embuste, todo su cuerpo refleja su estado interior, hasta el punto de que «hacía extraños visajes con los ojos y sonreía y apretaba los labios alternativamente y, como colofón, zamarreó a Quico con violencia al tiempo que le decía: —Era para matarte».

Merche no se trata, desde luego, de una madre muy maternal, si bien han de considerarse tanto su carácter como sus muchas ocupaciones. Con su retrato, «Delibes no nos ha proporcionado solamente una *mujer casera* muy diferente de Carmen, sino que él también ha salido bien en rehuir los estereotipos. Mamá es una mujer humana creíble. Incluso aunque su papel en la novela es secundario del de Quico, ella es el más completo carácter femenino desarrollado que Delibes ha creado hasta la fecha».[46]

El papel de madre tierna, besucona y protectora que no asume Merche encuentra su encarnación en tía Cuqui:

> Quico descansaba en el regazo de tía Cuqui, que era suave y confortable como un edredón de plumas, y, entre sus brazos se sentía increíblemente pequeño y protegido [...]
>
> Tía Cuqui hablaba bajo y como con música y sus besos no restallaban junto al oído, como los de la Vítora, hasta casi ensordecerle.

Tía Cuqui trata a Quico como al niño pequeño que es, mientras los demás, sin duda por la reiterada comparación con Cris, lo tratan como a un niño más grande. Ella, pues, ejerce con Quico la función de la mamá perdida al nacer la hermana menor.

Entre tía Cuqui y Quico[47] se produce una comunicación que, sin prescindir de las palabras, está basada en el contacto, en una relación de proximidad física, corporal, animal, que favorece el calor humano, ese calor humano que Delibes ha incorporado como tema fundamental en varias novelas. El regazo de tía Cuqui es un regazo acogedor, y su voz «le amansaba, le arrullaba, predisponiéndole al sueño y a ser infinitamente bueno por los siglos de los siglos».

Tía Cuqui, de quien no conocemos su estado civil, se comporta como una especie de clueca cuando Mamá, con su habitual gesto de gravedad un poco acentuado le dice: «No lo quieras, tía [...]. Ha sido malo».[48]

---

46. Id., p. 87. La traducción es mía.

47. Obsérvese la similitud fonética de ambos hipocorísticos: /Kúki//Kíko/, un detalle más que los aproxima.

48. La aspereza de Merche con Quico tiene un fundamento psicológico: «las madres consideran que deben ser duras y rígidas con sus hijos para que éstos no se tornen "mimados" o "flojos"». Luis C. Restrepo, ob. cit., p. 35.

La tía Cuqui utiliza con Quico un lenguaje pleno de afectividad. Por algunas de sus expresiones podemos pensar que puede tratarse de una mujer que no ha alcanzado la maternidad, y no de una solterona:

> —¿De modo que se ha muerto el gatito?¿Se ha muerto tu amiguito? ¡Pobre tesoro! ¡Pobre corazón tierno!

Adjetivos y diminutivos dibujan su bondad y su especial relación con el niño, a quien compadece por haber sido recientemente destronado por Cris. Ella insiste ante Merche en las necesidades afectivas de Quico.

2.3. *Las criadas. Otros adultos*

El mundo de las criadas en las obras de Delibes ha sido considerado por la crítica como uno de sus mayores aciertos. Suelen proceder de algún pueblo, sean recién llegadas o lleven ya algún tiempo en la ciudad, y se hayan aclimatado a ella en diversa medida (como Desi y Marce, respectivamente, en *La hoja roja*).

Y en ellas se refleja el conocimiento que Delibes tiene de la problemática de la clase social a la que pertenecen y del ámbito del cual proceden:

> Esto del servicio se pone cada día más difícil.
> —¿La asistenta? —dijo tía Cuqui.
> —Hija, la asistenta y la Seve. Hace una semana que marchó al pueblo. Dice que su madre no anda bien.

La cita se encuentra en la mitad de la novela, recién comenzado el capítulo central, fijado entre las cuatro y las cinco de la tarde. La familia, que goza una situación acomodada, ha incorporado tres mujeres al servicio doméstico: Vito, quien se ocupa de la mayor parte de las faenas de la casa, Seve, cuyas funciones desconocemos porque ha acudido a atender a su madre, y Domi, que parece dedicarse casi exclusivamente del cuidado de Cris.

Vito y Domi —de Seve no sabemos nada— son dos extraordinarias creaciones de su autor,[49] antagónicas y complementarias, dos aspectos distintos de «las que tienen que servir»: Vito es la mujer joven, dispuesta a trabajar hasta la extenuación para quien le paga, y Domi representa a la mujer mayor, cansada de bregar con niños y con señoras, dispuesta, cuando es posible, a hurtarse al trabajo e incluso a engañar a quien la mantiene.

Los paralelismos entre Vito y Desi han sido puestos de relieve en más de una ocasión: «la Desi, como la Vito, es ignorante, pero es leal y buena. Desi cuida y quiere al viejo Eloy con instinto maternal y lo defiende como cosa suya. Eloy, como Quico, se encuentra solo e incomprendido y en la Desi encuentra a quien le hace la vida más llevadera, como a Quico le ocurre con la Vito».[50]

Vito, que, como Desi, vive en la casa, proporciona a quien de ella depende parte del calor humano que el niño echa en falta desde el nacimiento de Cris. Su actividad, en este sentido, es más rudimentaria que la de tía Cuqui, pero no por ello menos eficaz: juega con el chico, lo besa ruidosamente, lo baña, lo viste, y le hace mil cucamonas que, en buena medida le corresponderían a Mamá. Es evidente que lo quiere a su manera, que está dispuesta a defenderlo como una

49. [Miguel Delibes es un] «forjador de personajes de carne y hueso, con sus pasiones y sus voces peculiares, que se meten en nosotros a la primera lectura, hasta el punto de que en algún momento de distracción podemos dudar de si esos ciudadanos pertenecen al mundo de nuestras amistades o al ámbito de nuestras lecturas. He aquí la fuerza del verdadero novelista, su *quid* divino». Francisco Javier Martín Abril, «El forjador Miguel Delibes», *El Norte de Castilla*, 6 de septiembre de 1986, «Miguel Delibes», III.

50. María Luisa Bustos Deuso, *La mujer en la narrativa de Delibes*, Valladolid, Universidad, 1990, p. 13.

leona cuando sea necesario,[51] que se preocupa por su educación.

En este último sentido, sin embargo, y como cabía esperar, se convierte en malformadora, ya que ella alimenta algunos de sus miedos[52] haciéndolo partícipe de sus propios temores y supersticiones.

Pero esto es comprensible, pues su nivel cultural deja bastante que desear. La precariedad de su educación es evidente cuando no comprende cómo puede verse o no, a través de la pantalla de rayos X, la punta supuestamente tragada por Quico.

El papel como verdadera malformadora del niño lo asume plenamente Domi, que ocupa entre las personas del servicio una posición preponderante, como delata el que tanto Vito como Femio la llamen «señora», título que no debe únicamente a su edad.

Con sus palabras, con sus actitudes, con su talante, con sus historias, ella es quien introduce en la mente del niño muchos de los temores que lo angustian. Ella, además, es un dechado de imperfecciones: llega tarde al trabajo; se muestra agobiada[53] ante Merche por sus propias penas; se comporta como una chivata cuando el niño hace alguna travesura; se despreocupa de los

51. Esto se advierte meridianamente cuando alguien, en la calle, lo confunde con una niña, debido a su pelo rubio y a sus hermosos rasgos faciales.

52. «La mayoría de los temores son adquiridos. Es decir, los niños no nacen con temores, sino que los aprenden. Y como el aprendizaje más importante del infante ocurre en el hogar, no es sorprendente que los niños muestren una fuerte tendencia a adoptar los temores de sus padres.» Mussen, Conger, Kagan, ob. cit., p. 189. Esta cita podría muy bien haber concluido así: «no es sorprendente que los niños muestren una fuerte tendencia a doptar los temores de sus padres, hermanos, parientes próximos y miembros del servicio doméstico», donde he situado todos aquellos miembros cercanos al niño que influyen en su primera educación.

53. «La Domi adoptó una actitud compungida; apretó fuertemente los párpados hasta que en uno de los ángulos de los ojos surgió una lágrima. La bata se aplacó.» La escena se localiza hacia las doce y media, recién llegada Domi.

chicos, y cuando los atiende demuestra su escasa calidad humana;[54] planta cara a Mamá porque sabe que la necesita; se queja del desapego de Femio, que se ha marchado sin despedirse de ella; zarandea a Quico; se pavonea ante Vito cuando consigue no ser despedida; y, sobre todo, demuestra su hipocresía tras haberle dicho Quico que había visto al demonio:

> La vieja se irritó:
> —¡Anda, quita del medio que te doy un...!
> Se abrió la puerta y penetró la bata de flores rojas y verdes y la Domi sonrió y acarició al niño la rubia cabeza con la mano, que ya tenía levantada, y dijo:
> —Ya ve qué cosas tiene el Quico. Ahora sale con que ha visto al demonio. Pues no, majo; el demonio está en los infiernos y no viene a llevarse a los niños buenos como tú.

A Quico no le pasa desapercibido el cambio de actitud de Domi en esa secuencia. Lo que iba a ser golpe se convierte en caricia a la llegada de Mamá, la violencia se transforma en ternura, su propia maldad deriva en bondad.

Si tenemos en cuenta que el niño de tres años está abierto a todo influjo externo, pero principalmente al de los adultos,[55] Domi produce en el niño un estado

---

54. Hasta el punto de que Delibes, poco propenso a las caracterizaciones de sus personajes, admite: «De pronto, sin saberse cómo ni por qué, apareció en el marco de la puerta la *maligna* cara de Domi». La cursiva es mía.

55. «El niño pasa progresivamente del control de su conducta por las sanciones externas a un control interno y simbólico. En esta última etapa es finalmente la propia auto-evaluación la que impulsa a realizar conductas prosociales y a aceptar el cumplimiento de los valores morales. En este proceso los padres inciden directamente a través de lo que enseñan, modelan o refuerzan en las distintas edades. El papel de los padres compite con las *influencias de otros adultos*, de los compañeros y de los modelos simbólicos.» Álvaro Marchesi, «El desarrollo moral», en J. Palacios, Á. Marchesi y M., Carretero, *Psicología evolutiva*, Madrid, Alianza Universidad, 1984, p. 359. La cursiva es mía.

de perplejidad, un estado del que obtendrá una rápida enseñanza: hay que adaptarse a las circunstancias, y aprender a mentir si se pretende conseguir lo que se desea.

Pero al niño de tres años que es Quico no le pasa desapercibida la actividad de la vieja. A la hora de dormir, preguntado por Mamá sobre quién le cuenta todas esas historias que le impiden conciliar el sueño, delatará a Domi como la culpable. No es absolutamente cierto, y su madre no parece hacerle demasiado caso, pero con ello queda Domi absolutamente desacreditada. El comentario del niño es la última pieza del puzzle de su personalidad, una personalidad que hemos reconocido como malévola en pasajes puntuales, como a la hora de relatar romances que ponen los pelos de punta al chico.

De los restantes personajes adultos destacan Femio —el novio de Vito—, Emilio —el médico de familia—, y Santines —el chico que trae la compra de la tienda—.

Femio es otro soldado novio de criada, como era Picaza en *La hoja roja*, una forma de expresar un tópico de aquella España de posguerra en la cual había que servir a los que estaban por arriba: la patria o la clase social; el servicio con las armas o el servicio con las manos.

Es un joven de clase social baja, como demuestra al asombrarse ante los lujos de la casa en que trabaja Vito. Como Picaza, tiene un punto de bravuconería, sin llegar a los extremos de aquél. Sus expresiones delatan un cierto chulapismo, de mozo que conoce su fuerza y sus posibilidades ante las mujeres y ante el mundo. Parece acostumbrado a la vida militar, aunque no se siente a gusto con el destino que le ha caído en suerte, como es comprensible. Preferiría continuar en la pequeña ciudad donde podría, acompañado por Vito, asistir a los guateques que, clandestinamente, prepara Mariano para los jóvenes de su edad.

Y, desde luego, busca la satisfacción sensual en su novia, aunque ésta lo rechace, como también hacía Desi. Femio se crea una idea equivocada del desarrollo psicológico de Quico, y le satisface la inocente proposición del niño para que se quede a vivir en el cuarto de Vito.

Por su parte, Emilio, el médico de cabecera, surge ante los ojos del protagonista como un Fantasma. Esta caracterización se debe en buena medida a la bata blanca que usa, pero no menos a la impresión que causa su actuación con Mamá. El niño advierte en él al fantasma de la sexualidad; ocupa el papel de varón enamorado que correspondería a su padre, quien no se ha molestado en abandonar sus ocupaciones pese a la aparente gravedad del caso.

En cuanto a Santines, muy poco conocemos de él, a no ser su descaro a lo largo de la conversación con Vito. Intenta suplantar el papel de Femio, pero la chica le corta las alas a la primera insinuación. En la película aparece un poco más explícito que en la novela en cuanto a modelo de iniciación sexual de Quico, un aspecto de su personalidad que se verá en otro apartado.

De menor entidad son el tendero, Uvenceslao —el conductor—, la Loren, criada de doña Paulina, y un par de mujeres con las cuales Vito se tropieza en la calle. El dibujo de los personajes principales, tanto como el de otros secundarios, permite descubrir a un autor lleno de «sentido común, instinto, intuición y sapiencia natural [la de] quien mira y aprende, [la de] quien se ha pasado la vida en contacto directo con la naturaleza, pero también auscultando la realidad que le rodea con ojos vírgenes y mente libre de prejuicios».[56]

56. Ramón García Domínguez, «De mis encuentros con Delibes», cit., p. 12.

3. Los temas. El príncipe destronado

El tema principal de la novela es el trastorno que un niño de tres años sufre ante la llegada de un rival en forma de nuevo hermano: una niña, en este caso, que acapara la atención de los mayores, sobre todo de la madre. Ante esta situación el niño siente inseguridad, desvalimiento, envidia, e incluso podría desatarse en él un sentimiento de rencor que lo condujera a eliminar a su competidora.

No se trata de un asunto biográfico del propio autor, ni de ninguno de sus hijos, pero no es menos cierto que un hombre atento a la vida como él, sabía que este tipo de fenómenos psicológicos se han producido en todas las épocas. El pequeño príncipe aquí destronado de su lugar de privilegio afectivo se encuentra en un período de su evolución tan importante como la adolescencia. Discurre por una etapa de transición en que su comportamiento está dirigido hacia el mundo exterior, y, por tanto, descubre con bastante nitidez todo lo que ocurre en su entorno.

Acostumbrado como estaba hasta ese momento a una dedicación plena por parte de su madre, a la cual había convertido en otro yo, en un yo auxiliar, dispuesto siempre a satisfacer todos sus deseos, el niño se encuentra en vías de desapegarse de ella, de proceder a su individualización. Pero esta separación de la madre se produce —por la llegada de una hermana— de una manera brusca y, por ende, traumática.

Quico no tiene tiempo para asimilar la escisión de su yo del yo auxiliar —Mamá—, algo que debería producirse de una forma natural y progresiva. De ahí que se niegue a la separación y que incluso dé marcha atrás en su proceso evolutivo como ser humano. Para colmo de males, «la madre, que hasta esa época había satisfecho las necesidades básicas del bebé al alimentarlo, arroparlo y darle afecto, así como ayudarlo a liberarse de las tensiones producidas por la digestión, la respiración, la eliminación de excretas, el sueño, los ruidos, etc., a partir de los 18 a 36 meses empieza a exigir que el pequeño cumpla con las reglas de higiene y con el esfuerzo de controlar sus excretas en el tiempo y lugar señalados por ella y no "libremente" como antes lo hacía».[57]

A la tensión psicológica que supone la llegada de una hermanita para cuya competencia no había sido preparado, Quico suma la presión natural de unas nuevas exigencias impuestas por el mundo de los adultos, dirigido por Mamá.

Todos estos elementos, y muchos otros, que convierten a Quico en un personaje absolutamente auténtico[58] complican su existencia y van a «generar en el niño mecanismos defensivos [y ofensivos] contra la ansiedad».[59] Los mecanismos utilizados por el niño se concretarán en todas y cada una de sus travesuras, por medio de las cuales pretende recuperar la atención de su madre hacia él.

La madre, por su parte, mantiene una actitud de rechazo ante el niño, debida a la multiplicación de sus labores caseras —por la ausencia de Seve— y al cuidado de Cris —a causa del retraso de Domi—. Pero no es menos cierto que esa actitud es también natural, y responde a una ley de vida del ser humano.

---

57. Guido Macías Valadez Tamayo, ob. cit., p. 131.
58. «Delibes siente pasión por la autenticidad de la vida, horror por la convención, la falsedad, la compostura de fuera adentro, la máscara social. Por eso se complace infinitamente en los hombres y mujeres sencillos, que viven en espontaneidad, que se dejan vivir a lo que salga, a la buena de Dios. Y su preferencia última va, como era de esperar, a los niños, en que todo eso culmina. Miguel Delibes nos ha dado unas cuantas figuras imborrables, sobre todo de niños, pero nunca niños edulcorados, "aniñados", que son tan repelentes como las mujeres "afeminadas". De ellos huye Delibes como de la peste.» Julián Marías, «¿Qué ha traído Delibes a la literatura española?», *ABC*, «Sábado Cultural», 6 de septiembre de 1986, p. III.
59. Guido Macías, ob. cit., p. 133.

Por eso el complejo de príncipe destronado, que, tanto tía Cuqui, como Papá, o Emilio, advierten en Quico, le parece a Mamá fuera de lugar, hasta el punto de comentar, enfadada, al médico: «Escucha, Emilio. Desde que me casé me he pasado la vida destronando príncipes y ésta es la primera vez que uno se traga un clavo en represalia».

Con todo, Mamá terminará aceptando la situación, e intentando poner de su parte todo lo necesario para subsanarla:

Y, después, estrujó a Quico contra las pieles:
—Ha sido el susto, ¿verdad, chiquitín? Pero ya no lo vuelves a hacer [se ha repasado]. Ahora te quedas quietecito con Mamá y mañana ya estarás curado.
Quico recostó la rubia cabeza en el pecho de Mamá y sonrió:
—Claro —repitió—, ahora me quedo quieto y mañana ya estoy curado, ¿verdad, mamá?

Tras la conversación con el médico, Mamá asume el mismo tono protector, maternal, que incluye diminutivos, de tía Cuqui, habiendo asimilado, a duras penas, que el chico puede estar padeciendo el síndrome de príncipe destronado.

Desde las primeras páginas de la novela, en que Quico no distinguía de su madre sino «la bata de flores rojas y verdes» hasta el momento final, en que encuentra dispuesta la mano[60] de Mamá para entrelazarse con la suya en un gesto de amor correspondido, ambos han ido comprendiendo, a través de experiencias dolorosas, la postura del otro tanto como sus propios errores.

60. «La violencia de la piel, la cadencia del cuerpo que explora al otro, la posesión de quien agarra o la renuncia de la mano que *sabe combinar la presión con el relajamiento*, constituyen algunos de los signos de un lenguaje patético.» Luis C. Restrepo, ob. cit., p. 22. La cursiva es mía.

A la hora de dormir, Mamá y Quico reducen sus distancias por medio del contacto y dan por concluido, cuando menos, uno de los dramas. Porque el de Merche dista mucho de terminar: ella no tiene a quién aferrarse cuando llega la hora de los miedos.[61]

3.1. *La guerra*

Sugieren Janet W. Díaz y Ricardo Landeira que el título de la obra, «*El príncipe destronado*, alude en términos bélicos a una lucha fratricida que, aunque sólo emblemática en su hipérbole, hace volver a la experimentación del novelista de la guerra civil española».[62]

La propuesta de ambos críticos no deja de ser interesante, aunque habremos de inclinarnos hacia otras motivaciones a la hora de encontrar un significado al título. Éste, desde luego, ofrece matices de violencia que no han de obviarse, aunque la propuesta es de un conflicto donde los contendientes están desprovistos de armas de fuego: la suya es una guerra psicológica.

En esa guerra el pequeño Quico, expulsado de su paraíso inicial, donde se ha instalado ahora Cris, no lucha contra una hermana, sino contra una situación. De ninguna manera podemos admitir que maltrata a la menor, ni física ni psíquicamente. Intenta recuperar el espacio perdido en la afectividad materna, y se vale para ello de mil pequeñas estratagemas que pueden considerarse escaramuzas en la batalla por el amor de Mamá. Aunque no desvía su atención agresiva hacia la hermana: ella no es su enemiga directa. Su único enemigo es ese desinterés o desapego por parte de la madre.

61. Las palabras finales de la novela son muy significativas: «—Lo malo es luego —dijo—, el día que falta Mamá o se dan cuenta de que Mamá siente los mismos temores que sienten ellos. Y lo peor es que eso ya no tiene remedio».

62. Art. cit., p. 678, col. iz. La traducción es mía.

Mamá es, en todo caso, quien aparece en guerra constante a lo largo de las páginas del libro: lucha con las criadas, lucha contra los múltiples problemas del hogar, lucha consigo misma por mantenerse a flote, lucha con sus hijos para educarlos de la manera más conveniente, y, desde luego, mantiene un espectacular combate ideológico, dialéctico y, en parte, físico, con Papá.

Pero la guerra está presente en esta novela, como en tantas otras de Delibes: la violencia se manifiesta en numerosos episodios familiares, y de la guerra civil española se ocupan varios personajes en pasajes diversos.

El primero que se refiere a la contienda es el propio Quico, recién levantado, nada más enterarse de la muerte de «el Moro»,[63] el gato de la vecina, cuando, tras mostrar el tubo de pasta dentífrica a Vito, quien se lo ha secado con la toalla, le dice que es un cañón, y que lo quiere «para ir a la guerra de papá».

Significa esto que el niño está familiarizado con el tema, sin duda porque se aborda muy a menudo en su presencia, como se advertirá en la conversación Papá-Mamá de mediodía.

Pero lo cierto es que la guerra, en algunas de sus facetas, surge en cualquier parte de la novela. Por ejemplo, en la historieta que lee Juan a las once de la mañana: «Nuestro héroe recibe un golpe en la nuca y cae de bruces al suelo» [...]. «Si intentas alguna traición dispararé contra ti. ¡Haz que tus hombres arrojen las armas!» [...]. «Pagaréis cara vuestra osadía». «¡Aaaag!» «Adelante, compañeros, que ya son nuestros». «¡Toma, canalla; ahora te toca a ti!» [...] «Voy a tener el gusto de meterte un plomo entre las cejas, amiguito».

63. Obsérvese que el nombre del gato puede aludir a los integrantes de las tropas del general Franco. Se llama así porque es negro, sin duda, pero el apelativo se hizo popular por esa cuestión bélica.

Se respira la violencia en la casa. Los tebeos de *El Cosaco Verde* y *El Capitán Trueno*, así como el álbum de *La Conquista del Oeste*, colaboran, en este sentido, a la educación bélica de los niños, que han visto películas de indios, juegan a guardias y ladrones, e interpretan una batalla. También se advierte en los motivos sobre los que han de hacer sus trabajos los hermanos mayores: el Congo y la ONU.[64]

Pero el centro de la polémica sobre la guerra civil se plantea en la disputa Mamá-Papá, un poco más adelante, concluyendo el apartado de las dos de la tarde. En ese pasaje se encuentran no pocos aspectos conflictivos de la contienda. Papá y Mamá mantienen opiniones opuestas al respecto, y así mientras él determina que fue una causa santa,[65] ella, menos enfática pero igual de firme, manifiesta: «Esas cosas suelen ser lo que nosotros queramos que sean».

Mientras Papá, luchador del bando nacional, defiende a machamartillo la bondad de su postura y la maldad de la opuesta, Mamá se muestra más decidida a limar asperezas, a considerar que en la guerra todos son perdedores, y que ninguna de las facciones es poseedora de toda la razón ni de toda la verdad.[66]

---

64. «Y Marcos le dijo a Pablo: —Tengo que hacer un trabajo sobre el Congo y la ONU [...]. Pablo aclaró: —Lo del Congo es como papá y mamá; si nos peleamos nosotros, nos separan, pero si se pelean ellos, hay que dejarles.» Conversación iniciada poco después de las dos de la tarde, un momento álgido, porque se acaba de hacer referencia a la bomba atómica, cuya actualidad es tal que incluso Juan conoce su existencia.

65. «El padre de Quico, ahora "un capitán de industria" —a veces se ha dicho que él habla con la desagradable voz de un general— luchó en el bando nacional en la Guerra Civil. Su posición de poder y riqueza, junto con su manifiesto desdén por los puntos de vista sociopolíticos de su esposa y de su suegro, están verdaderamente en armonía con su expectativa intransigente que todo espera de sus hijos en sus pasos, abrazando los ideales del régimen ultraderechista.» Janet W. Díaz y R. Landeira, cit., p. 678, col. iz. La traducción es mía.

66. «En cada novela de nuestro escritor surge por lo menos un personaje que manifiesta su opinión sobre la guerra y sus conse-

Papá no sólo es el macho que disfruta los honores y las prerrogativas en la casa porque aporta el sustento; además se siente con el derecho del más fuerte, un derecho que le deparó la victoria en la guerra.[67] No tiene en cuenta la opinión del bando perdedor, ni la de quienes puedan, como Mamá, adoptar una postura intermedia, pacificadora, restañadora de viejas heridas.

No contento con eso, critica con ensañamiento a su mujer, al abordar esas cuestiones, e influye descaradamente en la decisión de su hijo Pablo sobre cuál ha de ser su actitud al respecto. Y, lo que quizás sea peor: se jacta del número de muertos debidos a su actividad bélica e inculca sus ideales en los hijos menores, más propensos a considerarlo como un héroe, y en absoluto preparados para discernir.

Para completar la pintura tergiversada de lo que fue la guerra civil, desplaza la atención hacia el punto opuesto, observando que lo problemático no es la guerra, sino el momento presente: «Lo malo es la paz: el teléfono, la Bolsa, los líos laborales, las visitas, la responsabilidad del mando...». Sin duda él hubiera preferido seguir al pie del cañón matando malos y ha-

cuencias sobre la miseria y la pobreza del pueblo. En todas partes se hace patente el anhelo de aproximación y paz entre los bandos hostiles, un deseo que en la mayoría de los casos se expresa a través de un personaje de convicciones republicanas (Carmen-Quico, Telmo), socialistas (Víctor), o pacifistas (Pacífico, Jacinto).» Gudrun Wogatzke-Luckow, «La evolución de las posiciones ideológicas en el repertorio de personajes en la obra narrativa de Miguel Delibes», en C. Cuevas (ed.), cit., p. 184.

67. «Los representantes del fascismo no actúan a la defensiva: con el derecho del más fuerte, que la guerra les repartió, adoptan siempre una postura agresiva, no tienen que justificarse ante nadie e incluso se vanaglorian del pasado. Son ellos los vencedores en España, y de ahí se deduce que en su país tienen todos los derechos de su parte, entre otros el de torturar impunemente a un ser humano, tanto física como psíquicamente.» Gudrun Wogatzke-Luckow, art. cit., p. 184.

ciéndolos matar sin necesidad de esas negociaciones que tanto le hacen sufrir.

«Delibes parodia la guerra y las actitudes bélicas a un tiempo»,[68] proponiéndonos un personaje que se desacredita continuamente con su actitud intransigente, con su violencia contagiosa, con su defensa a ultranza de la guerra, con su descalificación de los pacifistas. Preguntado por Quico si le comprará un tanque para el día de su santo, contestará:

—Claro que sí. Lo malo es si alguien piensa que al regalarte un tanque te estoy inculcando sentimientos belicosos. Hay personas que prefieren hacer de sus hijos unos entes afeminados antes que verles agarrados a una metralleta como hombres.

La respuesta al niño es un ataque a la madre y una paupérrima apología de la guerra, tan pobre que resulta ridícula. «La condena de la guerra, de todas las guerras, sólo puede hacerse desde la reducción al absurdo de todos sus planteamientos»,[69] cosa que Delibes realiza a la perfección en *El príncipe destronado*. Porque, cuando Quico pregunta a Femio si va a matar muchos malos en la supuesta guerra a la que se va a incorporar, la conversación prosigue en estos términos:

—No, majo —se encorvó hacia el niño—. Yo no gasto.
—Mi papá mató cien.
—Tu papá apunta por lo fino.

La ironía del novio de Vito destruye cualquier posibilidad de triunfo en la actitud bélica de Papá tanto

68. Janet W. Díaz y R. Landeira, cit., p. 678, col. der. La traducción es mía.
69. M. Alvar, «Las guerras de Miguel Delibes», en *El mundo novelesco de Miguel Delibes*, Madrid, Gredos, 1987, p. 75.

como en el triunfo de sus principios ideológicos. El lector comprende que aunque existen hombres poco razonables, crueles, incluso, con sus prójimos, personas que instan —especialmente a los niños— con su palabra y su ejemplo a mantener los principios de la guerra como ley de vida, éstos terminarán, más tarde o más temprano, condenados al fracaso. Delibes lleva a las páginas de *El príncipe destronado* el viejo tema de la guerra civil para condenarla sin ambages, especialmente en las posturas intransigentes de unos cuantos que todavía en los años sesenta y setenta permanecían, firme el ademán, dispuestos a dividir España en dos mitades antagónicas.

Pablo no será capaz —por sus pocos años y su postura de indefensión ante los violentos, que no profundos argumentos paternos— de plantar cara ante su progenitor, como hace el hijo de Menchu ante los posicionamientos de ésta en *Cinco horas con Mario*. Pero en su actitud renuente a pronunciarse sobre el tema, en su sofoco, observamos un rayo de esperanza. Promete acudir al estadio para que le coloquen las insignias, pero advertimos que lo hace con desgana, sin un convencimiento profundo, para no molestar a su padre, esto es, por piedad filial bien o mal entendida.

Con la expresión de Papá, tras haber lanzado el plato hacia la cabeza de Mamá porque ella manifiesta su opinión sobre la guerra y sobre el innecesario mantenimiento de las posturas belicistas, queda completada su autocaricatura:

> —¡Coño, con la pava ésta! —voceó—. Esto no ocurriría si a tu padre le hubiéramos cerrado la boca a tiempo, en lugar de andar con tantas contemplaciones.

El desencuentro ideológico de Papá y Mamá venía desde antiguo, y tenía raíces familiares: el abuelo materno de Quico debió ser un activista republicano o socialista a quien el bando nacional tardó en quitar de en medio.

Las ganas de matar, de matar a un familiar de primer grado, como es el padre de Merche, califican a Papá como un desalmado y lo hacen aborrecible a los ojos del lector. No sabíamos cuál era el aspecto exterior del cabeza de familia, pero su retrato psicológico es completo.

3.2. *Religión*

El de la religión es otro de los temas recurrentes en las novelas de Miguel Delibes. Había surgido con fuerza en *La sombra del ciprés es alargada* y no lo había abandonado en ninguna de sus siguientes obras. El escritor vallisoletano, preocupado por la formación del individuo, no olvida un aspecto que es, en un país de raíz católica, fundamental.

Cuando está escribiendo *El príncipe destronado* se celebra el Concilio Vaticano II, que en ese momento se encuentra en un paréntesis entre la segunda y la tercera sesión.[70] Delibes está atento al acontecimiento, en especial porque en este concilio se aborda el crucial asunto de la libertad religiosa, algo imprescindible para que el hombre manifieste su fe sin cortapisas.

Sitúa cronológicamente la novela en un martes, 3 de diciembre de 1963,[71] un período, pues, previo a las celebraciones navideñas, fiestas de índole religiosa cada año más teñidas de paganismo. Algunos detalles apuntan ya la proximidad del evento, como el canto de

---

70. La segunda sesión se desarrolló entre el 29 de septiembre y el 4 de diciembre de 1963, y la tercera, entre el 14 de septiembre y el 21 de septiembre de 1964.

71. Nótese que esta fecha coincide con el penúltimo día de la segunda sesión del Concilio Vaticano II, como se ha visto en la nota anterior.

Domi[72] y, desde luego, las postales que Mamá proporciona a Quico para que se esté quieto un rato antes de irse a la cama, postales navideñas de UNICEF:

—¿Son las que pintan los pobres con los pies?
—Los pobres y los ricos —dijo Mamá—. Las pintan con los pies los que no tienen manos.[73]

En España las celebraciones navideñas estaban precedidas de una festividad no menos importante: la Inmaculada Concepción,[74] el 8 de diciembre, una fecha de gran resonancia religiosa que el Régimen había adoptado casi como suya. Es, precisamente, ese día el elegido para imponer las insignias a Pablo, señal inequívoca de connivencia entre la Iglesia y el Estado. En España no existía, por aquel entonces, la libertad religiosa, que tanto Delibes como alguno de sus compañeros y amigos, deseaban.[75]

Quiere esto decir que Miguel Delibes sabe muy bien lo que hace al escribir la novela. La fecha del 8 de

72. «Arre, caballito, vamos a Belén, a ver a la Virgen y al niño también», en el apartado de las seis de la tarde.

73. Pasaje situado muy poco después de las ocho.

74. El Dogma de la Inmaculada Concepción de María fue promulgado por Pío IX el 8 de diciembre de 1854. De inmediato fue asumido por los fieles españoles como algo suyo, elevándose templos y extendiéndose la devoción a esta advocación mariana por todas partes.

75. José Jiménez Lozano, por ejemplo, sugería poco después del Concilio: «Se me ocurre pensar, por ejemplo, que mayor impacto que una ley de reconocimiento de las minorías protestantes, haría el gesto de un obispo que cediese a nuestros hermanos protestantes una iglesia católica, allí donde ellos tuviesen dificultad en abrir una capilla, para celebrar su culto alternativamente con el católico. Es un gesto-límite, desde luego, y quizá sumamente "escandaloso", por el momento. Quizá sean suficientes otros menos espectaculares y más hondos, y desde luego ese obligado gesto por parte de cada católico para que el protestante o el disidente de toda clase no sienta sobre sí el estigma social, sino que se sienta perfectamente a gusto e integrado en nuestra sociedad». *Meditación española sobre la libertad religiosa*, Barcelona, Destino, 1966, p. 106.

diciembre de aquel año coincidía, además, en domingo, motivo de doble celebración, aunque no se cite expresamente.

Pero Delibes sabe que la reciedumbre de la fe católica española no es tanta, ya que la práctica dista mucho de la teoría, y no ignora tampoco que en los años cincuenta la Iglesia tuvo que realizar una auténtica labor de misión por toda nuestra geografía. El pueblo comunicaba de padres a hijos su fe, pero ésta se había ido tiñendo de supersticiones de todo tipo.

Los conceptos religiosos que está adquiriendo Quico le llegan por los labios y los ejemplos de las criadas, y éstas no son las más preparadas precisamente para inculcárselos. No extraña, de esta forma que «el área de la conjetura metafísica en *El príncipe destronado* esté ocupada casi totalmente por el Demonio, con exclusión de Dios,[76] la Virgen María y otras figuras propicias, exceptuando el menos que ortodoxo "Ángel de la Guarda". Los niños argumentan calurosamente acerca de los atributos del demonio, ven el infierno en las llamas de la hornilla de la cocina, y se preocupan de que "el Moro" haya sido arrastrado por el demonio por ser negro.[77] La única mención de Cristo ocurre en una ritualista oración a la hora de dormir, dirigida al mismo Jesús».[78]

Casi todos los conceptos que Quico recibe están teñidos de superstición, motivo por el cual creará una representación mental del demonio de lo más medie-

76. Dios aparece en labios de Juan (hacia la una de la tarde) deslexicalizado, como una exclamación: «—¡Dios! —dijo de pronto—, si no es un ángel; es un demonio, ¿no lo ves?».

77. Señal evidente de racismo. Esta postura se repite en la escena de los celos de Vito, cerca ya de las seis de la tarde, cuando Femio ha subido a despedirse. Ella le comenta si se echará una novia negra, en África, ante lo cual «El Femio hizo una mueca displicente: —¿Son mujeres las negras?».

78. Janet W. Díaz y R. Landeira, art. cit., p. 680 col. iz. La traducción es mía.

val: «Sí, Domi; era el demonio y era negro y tenía alas y cuernos».[79]

No es el único elemento que se ha utilizado para meter al niño el miedo en el cuerpo y obligarlo a obedecer en determinados asuntos. Junto al demonio, a las brujas, a los fantasmas, seres que están a mitad de camino entre el más allá y el más acá, Quico aprenderá a temer a otros entes de ficción más próximos y más corporeizables, como el hombre del saco, que él mismo cita apenas despierto, y el Coco, del que tiene una representación mental suficientemente clara, tanto que puede traspasarla a su hermanita: «Dijo Quico, ahuecando la voz: —Cris, el Coco. —A-ta-ta —hizo la niña, atemorizada».[80]

De este modo, las bases de la religión del pequeño protagonista son muy débiles, y es más que probable, como propone Edgar Pauk, que «el Quico se olvide de Dios muy pronto, al empezar su edad adulta, y como Pedro, tenga que redescubrirlo para luchar contra la nada existencial», pero no encuentro razones para suponer, como el crítico recién citado, que «el hermano mayor de Quico, Pablo, está en contacto con una nueva religiosidad, la de los nuevos sacerdotes ecuménicos (el padre Llanos, por ejemplo), que quieren renovar la misión social de la Iglesia».[81] Esto hubiese

79. Afirmación de Quico cerca de la una de la tarde. Sin embargo, él había confesado en su momento que no había visto al demonio entre las llamas. Ahora expone lo que otros —Juan, en especial— le han enseñado.

80. Sobre este asunto ha escrito Guido Macías: «los actos del ritual del adormecimiento se acompañan con frecuencia de *imágenes* que la madre ha adquirido de la mitología que comparte con su grupo social y que transmite al niño por la palabra, el gesto, la mímica, pero que en última instancia representan creencias, mitos y símbolos, de "explicaciones sobrenaturales" acerca de lo inexplicable para el niño: "el mundo de las tinieblas en el que tiene que sumergirse por la noche". Por ejemplo, el mito del "coco"». Ob. cit., p. 147, col. iz.

81. E. Pauk, ob. cit., pp. 147-148.

podido ocurrir, en todo caso, si la novela se hubiera escrito después del Concilio, pero ya hemos visto que no. Y si, además, se hubiera situado en Madrid, cosa que tampoco ocurre. Bien al contrario, en la novela encontramos una pista que induce a considerar que los niños van a un colegio de frailes a la antigua usanza, como delata el hermano que comparte el día de juegos con Quico: «El fraile dice —dijo Juan— que escribir con la izquierda es pecado».[82] Pese a ello queda la impresión de que Pablo está más avanzado ideológicamente que sus profesores.

3.3. *El pecado. El sexo*

Muy reiterativo resulta en la novela el tema del pecado. El protagonista vive en un mini-mundo donde continuamente recibe mensajes sobre el bien y el mal, sobre la transgresión de numerosas normas y el castigo que eso conlleva.

Por desgracia para el niño, cualquier clase de transgresión de cualquier norma se convierte automáticamente en un pecado, y éste, sea del tipo que sea, resulta siempre grave. Las consecuencias son siempre las mismas: el infierno, un lugar al que será arrojado por el demonio, que lo arrastrará hasta allí cogido de los pelos.

De esta manera en la mente del niño se asienta la idea del miedo al infierno, la del pecado, y la de su propia maldad. Tanto las criadas como Mamá llegarán a idéntica conclusión:

82. La cita procede de un fragmento entre las dos y las tres de la tarde, y continúa así: «Quico abrió mucho los ojos: —¿Y me llevan los demonios al infierno con la bruja y el gato de doña Paulina?». Una cita donde hallamos un elemento más entre las supersticiones populares: la bruja.

—Ven aquí, Barrabás; que eres más malo que Barrabás. De la piel del diablo eres tú; ¡madre, qué crío éste! No gana una para sustos con él.[83]

Estamos ante una moral represiva, que lleva al convencimiento de la culpabilidad en cualquier acto, una actitud que se refuerza en todo lo que tiene que ver con el sexo.

Porque en el sexo, y en lo referente al aparato excretor, en general, se concretan las enseñanzas sobre lo que es pecado. Pecado será decir «¡Mierda, cagao, culo!», «¡leche!», o «¡ir a freír puñetas!», pero pecado es, sobre todo, tocar el pito, cosa que para el niño carece de connotaciones negativas e incluso es «santo».

Quico, sin embargo, no tiene ningún reparo en mostrar su pito, en hablar de ese tema tabú,[84] y de intentar comprobar si su padre dispone del mismo elemento anatómico que él:

> Papá entró en el cuarto de baño amarillo y entornó la puerta con el pie. Apenas había comenzado cuando sintió a Quico detrás que pugnaba por asomarse:
> —¡Quita! —le dijo.
> Pero el niño insistía en meter la cabeza y Papá culeaba de un lado para otro para impedirlo. Quico se agarraba a la trasera de sus pantalones y decía:
> —¿Tienes pito, Papá?
> —Vamos, ¿quieres marchar de ahí?

La escena, una de las más divertidas del libro, responde a las experiencias de cualquier niño, y ya

---

83. La frase es de Vito, al empezar el apartado de las ocho de la tarde, pero no hace sino completar una idea expresada por Mamá cuando, poco después de las siete, cree que Quico se ha tragado la punta.

84. «—Cris no tiene pito, ¿verdad, mamá? —No —respondió Mamá evasivamente. —¿Y tú? ¿Tienes tú pito, mamá? —Tampoco; eso sólo lo tienen los niños. A Quico se le redondearon los ojos azules y exclamó: —Entonces, papá, ¿tampoco tiene pito?»

Freud había analizado ese aspecto de la sexualidad infantil.[85] Quico suponía que los demás seres humanos disponían de un órgano genital idéntico al suyo, pero está aprendiendo que eso no es así, aunque nadie esté en disposición de proporcionarle los datos que él necesita.

Sabe, con todo, que Cris y Mamá no lo poseen, y la amenaza de las criadas, de cortárselo si vuelve a orinarse encima, no tiene para él las connotaciones de castración clásicas.[86] Quico de ninguna manera sufre la denominada angustia de la castración, pues encuentra en esa idea una posibilidad más de llamar la atención de quienes lo rodean.

Entre quienes pululan a su alrededor destaca por deméritos propios, como se vio antes, Domi. La vieja, una especie de bruja —así se la denomina en la novela—, instiga el despertar sexual de Quico en varios momentos. Especialmente al intentar sonsacarle lo que Vito y Femio han hecho antes y durante el beso.[87]

85. «El niño carece en absoluto de pudor y encuentra en determinados años de su vida un inequívoco placer en desnudar su cuerpo, haciendo resaltar especialmente sus órganos genitales. La contrapartida de esta tendencia, considerada perversa, es la curiosidad por ver los genitales de otras personas, y aparece en los años infantiles algo posteriores, cuando el obstáculo que supone el pudor ha alcanzado ya un determinado desarrollo.» Sigmund Freud, «La sexualidad infantil», en *Tres ensayos sobre teoría sexual*, Madrid, Alianza, 1980, p. 57.

86. «En última instancia, la idea de castración puede estar basada en vestigios del antiguo reflejo biológico de autonomía; menos profundamente, pero más seguramente, se halla basado en la arcaica idea vengativa del talión: el mismo órgano que ha incurrido en pecado es el que debe ser castigado.[...] Pero son los que rodean al niño los que recorren más de la mitad del camino al encuentro de la disposición infantil a creer en tales ideas de castigo.» Otto Fenichel, «Las etapas y caracteres de la sexualidad infantil», en Juan Delval (comp.), *Lecturas de psicología del niño*, Madrid, Alianza Universidad, 1983, p. 230.

87. «Tan insaciable es la curiosidad de Domi por las cuestiones eróticas que cuando Vítora y su novio soldado están despidiéndose juntos y diciéndose adiós, la criada mayor usa a Quico para espiarla y dar cuenta de cómo se portan entre ellos.» Janet W. Díaz y R. Landeira, cit., p. 680, col. iz. La traducción es mía.

En ese caso se comporta igual que Celestina, e intenta disfrutar del sexo indirectamente, ya que ella, a su edad, no tiene otra opción.

Quizás fue Domi quien puso en contacto a los novios, o quien ha arreglado alguna cita. De otra manera no se explica la devoción de Femio, para quien es «como una madre», terminología aplicada también a Celestina por Sempronio, Elicia y otros personajes de la tragicomedia.

Pero el protagonista de la obra, que «es en sí mismo naturaleza en estado puro»,[88] dista mucho de interesarse por aquello hacia lo que Domi, en su insano afán, intenta dirigir su atención. El niño se rebela ante su insistencia en recibir detalles de la despedida, y llega a enfadarse: «—¡Ya no sé más cosas, Domi, déjame! —chilló, de pronto, Quico».

Es cierto que el niño está empezando a mostrar interés por su cuerpo —por su sexo, en concreto—, pero lo hace con su inocencia innata, con la ingenuidad propia de sus tres años, ajena a todo lo que suponga pecado. Son los mayores, especialmente Domi, quienes quieren maliciarlo, quienes pretenden que su pequeña cabeza encuentre erotismo allí donde él no ve sino naturalidad, espontaneidad. Su ingenuidad le impedirá encontrar sensualidad en el beso entre Vito y Femio, y lo invitará a creer que se trata de un acto de violencia.[89] De esta forma, un asunto que caminaba por la senda de la iniciación erótica se desvía de su fin previsto mediante el uso, por parte de Delibes, de

88. D. Martínez Torrón, «El naturismo de Miguel Delibes», en *Estudios sobre Miguel Delibes*, Madrid, Universidad Complutense, 1983, p. 108.

89. «Cuando los niños son espectadores, en esta edad temprana [3 a 5 años] del comercio sexual entre adultos, a lo cual da facilidades la convicción corriente de que el niño no llega a comprender aún nada de carácter sexual, no puede por menos de considerar el acto sexual como una especie de maltrato o de abuso de poder; esto es, en un sentido sádico.» S. Freud, cit., p. 61.

un recurso humorístico. Quico seguirá con su inocencia intacta, pese a los ataques sufridos por el interés de los adultos y por la hipocresía de los mismos en asuntos sexuales.

4. Estilo. Técnica narrativa

Afirman Janet W. Díaz y R. Landeira que «como ha sido frecuentemente su costumbre, Delibes utiliza en estas dos novelas [*El príncipe destronado* y *Las guerras de nuestros antepasados*] la perspectiva de un especialmente limitado narrador consciente, reproduciendo bastante consistentemente una mirada de niño de la realidad circundante en *El príncipe*».[90]

La idea de que el niño [un niño] es el narrador, que subyace en el texto recién citado, suele ser común entre los críticos que se han ocupado de la obra. Sin embargo esta idea no es cierta más que en parte. Se trata, sí, de un narrador consciente de lo que hace, un narrador que se aproxima al punto de vista infantil, pero que no encarna el punto de vista infantil, algo que se advierte en plenitud, por ejemplo, en *Veva*, de Carmen Kurtz. Se suceden, en efecto, «repetidos acercamientos al punto de vista infantil»,[91] pero detrás hay un narrador adulto que ve con ojos de adulto lo que ocurre en la vida diaria de una familia. Presta gran atención al mundo de los menores, y se agacha hasta su nivel para poder narrar de un modo justo —semántica y sintácticamente, por ejemplo— lo que ocurre en su entorno.

90. Art. cit.; la traducción es mía.
91. Inge Beisel, «La composición de perspectivas en la obra narrativa de M. Delibes como procedimiento eficaz para el desarrollo de la incapacidad comunicativa», en C. Cuevas (ed.), cit., p. 264.

Resulta por ello una novela sobre niños absolutamente digna de crédito, pero no vemos en ella la novela que pudiera elaborar la mente de un niño o ser puesta en sus labios.[92] Digamos que Delibes se hace como niño pero no suplanta su papel: el novelista se pone a la altura de los niños y de ese modo obtiene una «novela sobre la infancia, sobre la educación, sobre ese mundo a ras de tierra y de sensaciones elementales que podemos considerar en las antípodas de relatos como el filme *Los cuatrocientos golpes*».[93]

Por otra parte, resultaría absolutamente increíble que un niño como Quico, mal conocedor apenas de alguna vocal, pudiera interpretar, por citar un caso, los textos de la orla que Emilio tiene en la pared de su despacho.

El acercamiento de Delibes al mundo expresivo de los más jóvenes[94] proporciona diálogos deliciosos, expresiones enjundiosas, giros, coloquialismos de toda índole, que aplaudimos y aceptamos como propios de los niños.

Claro que ese acercamiento con el cual toma contacto con el mundo infantil no le proporciona más que la materia bruta. Luego ha de trabajar literaria-

92. «El discurso narrativo lo califico de "naïve" por su deliberada restricción a las percepciones del inocente, y me pregunto por qué se aparta, en alguna ocasión, de este "modo". Tal vez para añadir peso, sustancia e imagen a la perspectiva infantil.» Agnes Gullón, *La novela experimental de Delibes*, Madrid, Taurus, 1980, p.110.

93. César Alonso de los Ríos, cit., p. 173.

94. Procede de su afán por escuchar a quienes tiene a su alrededor, una costumbre muy arraigada en el escritor vallisoletano: «Me gusta mucho, me fascina oír: Prestar el oído cuando la gente está hablando en el autobús o en el metro me divierte mucho. La atracción por la palabra directa se me manifestó por primera vez en una cacería en Villafuerte de Esgueva, hace ya muchos años, por boca de una mujer muy vivaz y muy expresiva cuyos giros, circunloquios y expresiones recogí luego en un cuento. Ahí fue donde me cazó esta voluntad de captar tal como es la lengua en sus fuentes». Palabras de M. Delibes citadas por Carmen Riera en «Mesa Redonda», *Miguel Delibes. Premio Letras Españolas*, cit., p. 210.

mente, como se refleja en *El príncipe destronado*, el lenguaje. Como resultado, esa verosimilitud que invita a considerar que quien nos está contando la historia es el mismo niño de tres años.[95]

4.1. *Aspectos lingüísticos y literarios*

En la novela hemos de distinguir entre la narración propiamente dicha, donde la descripción de personajes suele ser mínima, y un abigarrado conjunto de diálogos, donde se constatan las hablas de los distintos personajes que integran el mundo de Quico.

La descripción del medio también es parca en matices, aunque se observa el interés del novelista por situar al niño en un ambiente cálido, un ambiente lleno de color y de sonido, un espacio habitable y habitado, donde el protagonista no se encuentra solo ni aislado si no es voluntariamente.

Entre los colores destaca el rojo, acaso por su calidez, quizás como un mensaje subliminal por parte de la verdadera dueña de ese entorno, Merche, cuyo padre, hemos visto, pertenecía al bando de los «rojos» en la guerra civil. Hallamos destellos rojos, un jersey rojo vivo, vino rojo, cuadros blancos y rojos, un filamento rojo bermellón, sintasol rojo, armarios rojos, triciclo rojo, manchones rojos, un hilito rojo, labios rojos, un salpullido rojo, colorete, caperuza roja, semáforo en rojo, lucecita roja, rojo como la grana, Fantasma blanquirrojo, etc.

---

95. Algo similar ocurre en otras novelas, y así «describir el comportamiento del narrador en *Los santos inocentes* requeriría un minucioso análisis que revelaría su gran complejidad bajo una apariencia sencilla. A veces, no somos capaces [...] de distinguir con precisión entre su propia voz y la incrustación en el relato de elementos que pertenecen al decir o al pensar de los personajes». Santos Sanz Villanueva, «Hora actual de Miguel Delibes», en C. Cuevas (ed.), cit., p. 93.

Por supuesto, surgen multitud de colores, que dotan de vida a todo lo que rodea a Quico. Hay destellos azules, verdes, amarillos, objetos de aluminio, vino blanco, paños de cuadros amarillos y blancos, blancos y azulados, un armario blanco, una funda color tabaco, delantal blanco, destellos versicolores, pelotón de colores, cuarto de baño rosa, puño blanco, mantel azul bordado, hojas verdes, escamas plateadas, pañolito de color rosa, lana gris, un cromo con mucho azul, la bata negra, sillas blancas, laca rosada de las uñas, colmillo de oro, caldera de cobre, etc.

Entre las descripciones, que no son abundantes, destaca la del hall, lleno de colores, formas y volúmenes:

> Frente a la puerta del montacargas estaba la mesa blanca, con el tablero de mármol blanco y un armario delgado donde la Vítora guardaba el frutero con las naranjas, las manzanas y los plátanos, el azucarero, el salero y la tila y el boldo que Papá tomaba por las noches después de cenar. Y, luego, a la derecha de la puerta, que comunicaba con el resto de la casa, se alzaba la caldera de la calefacción brillante de purpurina y una barrita de cristal encima llena de rayas minúsculas y de números y, atravesándola, un filamento rojo bermellón, que se estiraba y se encogía como la tripa de Jorge.

Puede considerarse una descripción «de lujo» por la cantidad de elementos incorporada a ella, por la minuciosidad a la hora de situar cada cosa en su sitio, por la variedad del colorido integrado en ella.

El mundo amable de Quico está, asimismo, envuelto en un conjunto de sonidos que lo dotan de vida. Muchos son sonidos armónicos, procedentes de la radio —discos dedicados—, o canciones puestas en boca de las criadas; o los besos «como con música» de tía Cuqui. Otros, son ruidos diversos, voces desgarradas como la de Domi, o la enojada de Mamá, o los compases a todo volumen que salen del tocadiscos. Todos los sonidos crean «hogar»,[96] el hogar de Quico.

Los diálogos, como cabía esperar, son brillantes, y tienen su fundamento en que «el niño se abre a la vida preguntando, esperando respuestas».[97] Quico se mantiene en continuo diálogo con su madre, con sus hermanos, con su padre y con las criadas. Cada uno de ellos delata, como advierte M. Alvar, su cultura y la clase social a la que pertenecen: «todos van estableciendo unos recursos [lingüísticos] bien diferenciados por la pertenencia a un conjunto o por las relaciones con los individuos de otros».[98]

En los diálogos se advierten las diferencias de habla entre los personajes, y el lector se percata de la influencia meridiana del de las criadas, con quienes el niño pasa la mayor parte del día. No es de extrañar, pues, que diga: «*Me se* ha mojado el cañón». Pues Vítora dice: «*Te se* va a quedar fría, come», y Domi advierte: «*Me se* duerme en los brazos».

Los diálogos reúnen algunas de las expresiones más variopintas, entre las que pueden encontrarse onomatopeyas (el «ta-ta-tá» de la metralleta; el «pii-piiii» del coche; el «boom, booombooom, boooom» del fuerte golpeando el suelo; el «güi-güiiii-güi» de la rueda delantera del triciclo; el ferren-ferren-ferren que emite la boca de Quico; el «fafafafafafa-piiiiiiiii» del tren, etc.), hasta el leve taco («¡leche, me pillé!»,

96. «Su voz aloja la casa, el hombre, la mujer, el niño y la voz. A su cargo —sin ocultaciones— el pulso de una historia y los seres que la ocupan para dibujar canas y silencios, contraluces y claridades colmadas, encuentros y ausencias, ternuras y heridas, y siempre un amor a la humanidad y a sus miserias, a su *música acumulada, hermosa o perversa*, que alzan los días, la lluvia y los fuegos, lo efímero y lo permanente, lo frecuente y lo lejano, el amor y la injusticia.» Elena Santiago, «Leve perfil de Miguel Delibes», «Miguel Delibes», *El Norte de Castilla*, 6 de noviembre de 1986, p. VI. La cursiva es mía.

97. Andrés Amorós, «Pegar la hebra con Miguel Delibes», en C. Cuevas, cit., p. 19.

98. M. Alvar, *El mundo novelesco de Miguel Delibes*, cit., p. 37.

«¡concho!», «¡jobar!», «¡coña de cría!», «¡Coño con la pava ésta!»), pasando por los términos mal expresados de Cris («Atata», «Ata-ata-ata», «Atito», etc.) y desde luego, las expresiones coloquiales.

Entre éstas destacan la reiterada «¡calla tú la boca!», «ir a freír puñetas», y otros coloquialismos y dichos que mechan el diálogo Papá-Mamá; «yo no me chupo el dedo», etc. La jerga de Femio es particularmente interesante, ya que usa todo tipo de vulgarismos, de diversa procedencia: el «andoba», el «gicho», «aflojar ocho barbos», etc.

Quizás contagiada por su novio, Vito usa alguna expresión similar, a la hora de espantar a Santines: «¡no te amuela!», que se completa con otras más extendidas: «bueno está el patio», etc.

A Quico le llaman la atención, especialmente, las expresiones de sentido figurado, que toma al pie de la letra. Por eso, cuando llega Domi diciendo «¡Qué día tan perro!», preguntará: ¿Un perro?¿Qué perro, Domi?; o cuando pregunta a Vito: «¿Está mosca?», el niño interviene: ¿Dónde está la mosca, Domi?; igual que cuando dice: ¡Madre, cómo estará la bruja!, momento en que Quico se interesa: ¿Qué bruja, Domi? ¿Dónde hay una bruja?

Todas estas expresiones del chico originan el humor, que se produce también por otros medios, así por el reiterativo «¿verdad, mamá?», que termina exasperando a su madre. Desde luego, Quico sabe muy bien que no debe decir «¡Mierda, cagao, culo!», motivo por el que lo repite cuando está enfadado.[99]

En cuanto al lenguaje figurado, el gran acierto de Delibes puede ser convertir a Merche en «la bata de flores rojas y verdes» en tantos capítulos de la novela,

---

99. «El humor aquí, producto de la lógica infantil, nos hace sonreír, es verdad, pero ya no es el *estilo*, ni tiene el propósito de hacernos sonreír. Bien mirado, es un producto secundario de una penetración muy seria en el mundo infantil, del hombre *in fieri*.» E. Pauk, ob. cit. p. 306.

espléndida sinécdoque delatora del proceso de ausencia materna, como se apuntó más arriba.

Otros motivos de interés son asimismo la personificación de la radio («la radio dijo», «el transistor cantaba») y de los ojos del niño («los ojos de Quico se entristecieron»); la animalización del protagonista cuando llega su hermana Merche del cole y le revuelve el pelo diciendo: «¿Qué hace este mico?»; la tremenda metáfora que proporciona actualidad a la obra: «Arriba estaba el gigantesco termo blanco —la bomba atómica—»;[100] o la antonomasia que esconde «Ven aquí, Barrabás», frase dirigida al protagonista.

Entre los nombres, apodos o motes, siempre significativos en las novelas de Delibes,[101] podemos destacar el hipocorístico Quico, tan próximo fonéticamente a «chico» —pequeño—; a «rico» —gracioso, espontáneo—; y a «mico» —vivo—; definitorio, pues, de la personalidad del personaje central.

Menos llamativos son los nombres propios de sus padres y hermanos, aunque ya se advirtió que «Mamá» y «Papá»[102] actúan al nivel de apodos como «El Ratero», «El Nini», auténticos especificativos que

100. Francia se había convertido en la cuarta potencia nuclear al hacer estallar entre 1960 y 1961 hasta cuatro bombas atómicas. En octubre de 1964 la República Popular China desarrolló también el explosivo invento. En los años sesenta recibieron tratamiento alrededor de 20.000 personas que habían padecido las explosiones de Hiroshima en 1945. La actualidad de la metáfora no puede ser, pues, cuestionada.

101. «Sus nombres son inventados, Miguel, cuya eufonía y justeza llena cada página de tus relatos de sentido poético. ¿No se ha hecho nunca un estudio de los nombres propios de tus personajes? Ellos solos, entresacados, puestos en una página en blanco, constituirían por sí mismos un magnífico poema.» Francisco Pino, en *Miguel Delibes. Premio Letras Españolas*, cit., p. 22.

102. «El nombre real, basado en alguna razón que el niño ignora, no tiene la significación que pudiera normalmente tener. Un nombre le puede parecer al niño arbitrario y sustituible por una designación más apropiada a las circunstancias en que percibe a la persona que lo lleva.» Agnes Gullón, cit., p.119.

señalan características distintivas. Con todo, la existencia de hijos con el mismo nombre de los padres (Pablo y Merche) indica la ancestral tendencia española a repetir los nombres de los miembros de una familia de generación en generación.

De los demás personajes, las criadas reciben apelativos, nunca su nombre propio completo: Vito (Vítora), Domi, Seve, Loren (de la vecina); así como los jóvenes que andan alrededor: Femio y Santines. De Emilio conocemos su nombre porque lo llama así Merche, pero queda mejor denominado por el apodo con que se presenta ante los ojos del niño: «El Fantasma», como se observó. De Tía Cuqui sólo conocemos su hipocorístico, tan semejante al del protagonista, y de connotaciones cariñosas. Los demás personajes reciben nombres propios, como don Avelino —el tendero—, la señora Delia —de la rebotica—, Uvenceslao —el conductor—, doña Paulina —la vecina—, etc.

Mención aparte merece el nombre del practicante, «Longinos», con el que se recuerda su función —poner inyecciones— señalando como antecedente literario y legendario al soldado que atravesó el costado de Cristo: otro de los aciertos nominadores de Delibes.

5. La guerra de papá

«La guerra de papá» es una especie de muletilla en los labios de Quico, tan influenciado, como se vio, por el suceso del que su padre le ha ido proporcionando detalles.

A la hora de convertir *El príncipe destronado* en una película, Antonio Mercero, su director, sugirió el cambio de título, utilizando la frase del niño para ello, convirtiéndose así en *La guerra de papá*.

El cambio de título[103] tuvo, probablemente, motivaciones de tipo comercial, e incluso político, pero encuentra su sentido en el cambio de perfil que la película adquiría. Se trataba ahora de otro género, y en éste pareció conveniente modificar algunos aspectos de la obra matriz.

Si en la novela el argumento giraba en torno a la situación de abandono en que el protagonista se encuentra tras el nacimiento de Cris —lo cual origina el complejo de príncipe destronado—, en la película prima la visión de una familia —adicta al Régimen— en la posguerra.

No significa ello que Quico pierda protagonismo, pues lo mantiene y, en algunos aspectos, se potencia, sino que se dirige la atención del espectador hacia otra problemática. Con ello se consiguió interesar por igual al público adulto y al público infantil, de modo que la película fue un auténtico suceso, permaneciendo en cartel hasta un año completo en algunos lugares.

A la hora de confeccionar el guión no parecía que éste presentara excesivas dificultades.[104] La novela era

103. «Creo que el primer acierto de Mercero fue cambiarle el título a la pieza, puesto que la guerra civil española, al cabo de medio siglo, sigue siendo un tema de actualidad cuyo rescoldo está lejos de extinguirse. Para justificarlo, Mercero, director exquisitamente sensible, no necesitó introducir alteraciones sustanciales en el tema, sino que le bastó con subrayar las constantes alusiones de Quico y sus hermanos a la guerra de su padre y acentuar la mentalidad reaccionaria de éste, no añadiéndole texto al guión, sino imágenes casi subliminales a la película —banderolas, fotografías, recuerdos bélicos— tan caros a estos grupos.» M. Delibes, «Dirigir a un niño», en R. García Domínguez, *Miguel Delibes. La imagen escrita*, Valladolid, 38 Semana Internacional de Cine 1993, p. 342. El texto procede del libro de Mercero, *25 años de cine*.

104. «Algún comentarista insinuó que con una novela de tan corta extensión [...] y tan rica en diálogos, el guión estaba prácticamente hecho. Y esto era cierto en parte, puesto que, a pesar de todo, había que prescindir de aquello que alargara innecesariamente el filme o rompiese su ritmo.» M. Delibes, «Novela y cine», en *Pegar la hebra*, cit., p. 103.

corta, y buena parte de los diálogos estaban hechos. Pero hubo que llevar a cabo algunas variaciones.

Entre las novedades que incorpora la película destaca alguna travesura de Quico en el cuarto de baño (atasca el retrete con un rollo de papel higiénico y pone el suelo perdido de agua), así como la corporización de Longinos, que llega a la casa para poner una inyección a Juan.

Desaparecen determinados tipos episódicos (don Avelino); otros se extienden (Santines y su relación con Vito); surgen detalles que modifican sustancialmente algún matiz (Quico jugaba con una escopeta rota de corcho, mientras en la película él y Juan cogen una pistola auténtica de un cajón de la mesa de Papá); se cambia caprichosamente la fecha inicial de ambas obras (la película se data en un día cualquiera de marzo de 1964, mientras la novela se fechaba el 3 de diciembre de 1963); y se acorta la escena de los niños cuando van a ver la televisión a casa de su tía Cuqui.

Al final de la película se añade a la escena de Mamá y Quico un diálogo que no deja de ofrecer interés:

—Mamá, ¿yo también iré a la guerra de papá?
—Ya no habrá más guerras de papá, Quico, por mucho que algunos se empeñen.

Por lo demás, la película sigue bastante fielmente el texto de Delibes, aunque se ha eliminado, por razones obvias, la matización horaria de cada capítulo de la novela.

No todos los críticos, sin embargo, aceptaron de buen gusto los cambios introducidos,[105] que encontraron sesgados por diversas causas. Todos, no obs-

---

105. «Esta película puede ser un buen ejemplo de lo que constituye la más significativa rémora del cine español: la ausencia de guionistas.» José Luis Martínez Montalbán, «*La guerra de papá*», en AA.VV., *Cine para leer*, Bilbao, Mensajero, 1978, p. 181.

tante, alabaron la interpretación de Lolo García en el papel principal, uno de los grandes aciertos de Mercero, descubridor del pequeño actor.[106]

No menos brillante estuvo el resto del reparto, donde destacó con luz propia Verónica Forqué en el papel de Vito, y donde Rosario García Ortega interpreta una extraordinaria Domi. Teresa Gimpera, en el de Mamá, Héctor Alterio en el de Papá, Vicente Parra, en el de doctor, Queta Claver en el de tía Cuqui, así como Eugenio Chacón y Agustín Navarro, completaron un magnífico reparto. La película se estrenó en el cine Albéniz de Madrid el 19 de septiembre de 1977.

106. «La primera vez que Antonio Mercero me habló de convertir en cine *El príncipe destronado* le dije que la dificultad era el niño. [...] [Localizado Lolo García] Mercero entró en su mundo y le hizo moverse con gracia y espontaneidad, sin que el niño adivinase lo que estaba haciendo, es decir, como por juego.» M. Delibes, «Experiencias cinematográficas», *ABC*, 21 de enero de 1984.

Bibliografía comentada

BORING, PHYLLIS ZATLIN: «Delibes Two Views of the Spanish Mother», *Hispanófila*, nº 63, mayo de 1978, pp, 79-87.
Artículo donde se estudia el papel de la mujer en *Cinco horas con Mario* y *El príncipe destronado*, especialmente.

DECAU SERRANO, LUCIE: *L'enfant dans l'oeuvre de Miguel Delibes* (Tesis doctoral, Universidad de Toulouse-le-Mirail, (1977).
Recherches sur les problèmes de la traduction à propos d'un roman contemporaine, Universidad de Toulouse-le-Mirail, 1982.

DELIBES, MIGUEL: «Escribir para niños», *Cuadernos de literatura infantil y juvenil*, nº 61, pp. 16-17 [Tomado de *La censura de prensa en los años 40 (y otros ensayos)*, Valladolid, Ámbito, 1985].
Artículo donde el novelista habla de la literatura infantil y de los gustos lectores de los niños.

DÍAZ, JANET W., y R. LANDEIRA: «Structural and thematic reiteration in Delibes' recent fiction», *Hispania*, 63, nº 4 (diciembre de 1980), pp. 674-684.
Artículo donde se analizan diversos aspectos reiterativos de la novelística delibeana en *El príncipe*

destronado y *Las guerras de nuestros antepasados*. Caracterización de personajes, lenguaje, guerra y violencia, sexo, religión y pecado, etc.

GARCÍA DOMÍNGUEZ, RAMÓN: «La infancia en Delibes», *Cuadernos de Literatura infantil y juvenil*, n° 61, pp. 7-15.
Artículo sobre el tema de la infancia en varias novelas de Delibes. Aborda, además, las posibilidades de la narrativa delibeana dedicada especialmente a la infancia.

GARCÍA MATEOS, RAMÓN: «Presencia y uso del romance de ciego en *El príncipe destronado* de Miguel Delibes», *Universitas Tarraconensis. Filología*, n° 9, 1985, pp. 19-28.
Artículo donde se estudia la función del romance de ciego que salmodia Domi a los niños.

GARCÍA OSMA, ANA MARÍA: *El humanismo de Miguel Delibes a través de su lenguaje literal* (Tesis doctoral, Universidad Complutense, 1994-1995). Analiza la función humanista del lenguaje literal en la narrativa de Delibes centrándose en algunos problemas del hombre: incomunicación y soledad fundamentalmente. Para la etapa infantil se centra en *El príncipe destronado*, *El camino*, *Las ratas* y *377A, madera de héroe*.

GRAS ALBEROLA, CRISTINA: *Comentario lingüístico sincrónico sobre un texto de El príncipe destronado*. Menorca, Centro de Profesores, 1989.

GULLÓN, AGNES: «El umbral de la expresión: *El príncipe destronado*», en *La novela experimental de Miguel Delibes*, Madrid, Taurus, 1980, pp. 105-122.
Apartado del libro en que se ocupa de la narración naïf, el diálogo y la descripción, los nombres de los personajes, y los aspectos auditivos.

LEGUINECHE, MANUEL: «Entrevista con Delibes: *El príncipe destronado*», *Cuadernos para el Diálogo*, n° 128, mayo de 1974, pp. 48-50.
Entrevista con el autor de la obra donde descifra algunas de las claves de la novela, deteniéndose es-

pecialmente en el niño, la madre, el pecado, el infierno y la censura.

Sotelo Vázquez, Marisa: «La guerra civil en Miguel Delibes. De *La sombra del ciprés es alargada* (1947) a *377A, madera de héroe* (1987)», *Letras de Deusto*, 22 (55), 1992, pp. 75-89.

Tucker, Donald W.: «The Emergence of Women in the Novels of Miguel Delibes», *Hispania*, LXXI, nº 1, 1988, pp. 38-42.
Artículo sobre el desarrollo de la mujer en la obra de Delibes, concretándolo en Anita (*Diario de un emigrante*), Desi (*La hoja roja*), Carmen (*Cinco horas con Mario*), Merche (*El príncipe destronado*), Candi (*Las guerras de nuestros antepasados*) y Laly (*El disputado voto del señor Cayo*).

EL PRÍNCIPE DESTRONADO

Martes, 3 de diciembre de 1963

Las 10

Entreabrió los ojos y, al instante, percibió el resplandor que se filtraba por la rendija del cuarterón, mal ajustado, de la ventana. Contra la luz se dibujaba la lámpara de sube y baja, de amplias alas —el Ángel de la Guarda—, la butaca tapizada de plástico rameado y las escalerillas metálicas de la librería de sus hermanos mayores. La luz, al resbalar sobre los lomos de los libros, arrancaba vivos destellos rojos, azules, verdes y amarillos. Era un hermoso muestrario y en vacaciones, cuando se despertaba a la misma hora de sus hermanos, Pablo le decía: «Mira, Quico, el Arco Iris». Y él respondía, encandilado: «Sí, el Arco Iris; es bonito, ¿verdad?».

A sus oídos llegaba ahora el zumbido de la aspiradora sacando lustre a las habitaciones entarimadas, y el piar desaforado de un gorrión desde el poyete de la ventana. Giró la cabeza rubia sin levantar la nuca de la almohada y, en la penumbra, divisó la cama, ordenadamente vacía, de Pablo y, a la izquierda, el lecho vacío, las ropas revueltas, el pijama hecho un gurruño, al pie, de su hermano Marcos, el segundo. «No es domingo», se dijo con tenue voz adormilada y estiró los brazos y entreabrió los dedos de la mano contra el haz de luz y los contrajo y los estiró varias veces y sonrió y canturreó maquinalmente: «Están riquitas por dentro, están bonitas por fuera». De repente, cesó el ruido de la aspiradora allá lejos y, de repente, se impacientó y voceó:

—¡Ya me he despertaooooo!

Su vocecita se trascoló por los resquicios de la puerta, recorrió el largo pasillo, dobló a la izquierda, se adentró por la puerta entreabierta de la cocina y Mamá, que enchufaba la lavadora en ese instante, enderezó la cabeza y dijo:

—Me parece que llama el niño.

La Vítora entró en la habitación en penumbra como un torbellino y abrió los cuarterones de las ventanas.

—A ver quién es —dijo— ese niño que chilla de esa manera.

Pero Quico se había cubierto cabeza y todo con las sábanas y aguardaba acurrucado, sonriente, la sorpresa de la Vítora. Y la Vítora dijo mirando a la cuna:

—Pues el niño no está, ¿quién lo habrá robado?

Y él aguardó a que diera varias vueltas por la habitación y a que dijera varias veces: «Dios, Dios, ¿dónde andará ese crío?», para descubrirse y entonces la Vítora se vino a él, como asombrada, y le dijo:

—Malo, ¿dónde estabas?

Y le besaba a lo loco y él sonreía vivamente, más con los ojos que con los labios, y dijo:

—Vito, ¿quién te creías que me había robado?

—El hombre del saco —respondió ella.

Y echó las ropas hacia atrás y tanteó las sábanas y exclamó:

—¿Es posible?, ¿no te has meado en la cama?

—No, Vito.

—Pero nada, nada.

El niño se pasó las manos, una detrás de la otra, por el pijama:

—Toca —dijo—. Ni gota.

Ella le envolvió en la bata, de forma que sólo asomaban por debajo los pies descalzos, y le tomó en brazos.

—Espera, Vito —dijo el niño—. Déjame coger eso.

—¿Cuál?

—Eso.

Alargó la pequeña mano hasta la estantería de los libros y cogió un tubo estrujado de pasta dentífrica y accionó torpemente el tapón rojo a rosca y dijo, mostrando los dos paletos en un atisbo de sonrisa:

—Es un camión.

La Vítora entró en la cocina con él a cuestas.

—Señora —dijo—, el Quico ya es un mozo; no se ha meado la cama.

—¿Es verdad eso? —dijo Mamá.

Quico sonreía, el largo flequillo rubio medio cubriéndole los ojos, erguido y desafiante, se desembarazó con desmanotados movimientos de la bata que le envolvía y dijo tras pasarse insistentemente las manos por el pijama:

—Toca; ni gota.

La Vítora le sentó en la silla blanca y abrió el grifo del baño blanco y la lavadora mecánica zumbaba a su lado y el niño, mientras el agua caía, enroscaba y desenroscaba el tapón rojo del tubo con atención concentrada, mientras intuía los suaves movimientos de la bata de flores rosas y verdes, y, de pronto, la bata se aproximó hasta él y sintió un beso húmedo, aplastado, en las mejillas y oyó la voz de Mamá:

—¿Qué tienes ahí? ¿Qué porquería es ésa?

Quico levantó de golpe la cabeza.

—No es porquería —dijo—. Es un camión.

La Vítora le izó en el aire mientras Mamá le desprendía de los pantalones y, al contacto con el agua, el niño encogió los dedos del pie y le dijo la Vítora:

—¿Quema?

Y él:

—Sí, quema, Vito.

La misma Vítora, con el codo, soltó el grifo frío y, al cabo, le dejó en la bañera y él se miró, desnudo y rió al divisar el diminuto apéndice.

—Mira, el pito —dijo.

—Ahí no se toca, ¿oyes?

—El pito santo —añadió el niño sin soltar del tubo del dentífrico de la mano izquierda.

—¿Qué tonterías dice ese niño? —dijo Mamá.

Quico deslizaba el tubo sobre la superficie del agua y hacía «booon-boooon», y dijo:

—Es un barco.

Dijo la Vítora:

—¡Qué sé yo! Ahora le ha dado por eso, ya ve.

—Alguien se lo enseñará —dijo Mamá reticente, mientras ponía en la lavadora el pijama del pequeño.

La Vítora se sofocó toda:

—Ande, lo que es una... Digo yo que será al rezar. La criatura oye lo del Espíritu Santo y ya ve, ni distingue.

Colocó al niño de pie y le enjabonó las piernas y el trasero. Luego, le dijo:

—Siéntate. Si no lloras al lavarte la cara, te bajo conmigo a por la leche donde el señor Avelino.

El niño apretó fuertemente los labios y los párpados, en tanto la Vítora le restregaba la cara con esponja. Resistió varios segundos sin respirar y, al cabo, chilló:

—¡Ya basta, Vito!

La Vítora tomó al niño por las axilas, le envolvió en una gran toalla fresa y pasó con él a la cocina y, entonces, la Loren, la de doña Paulina, la divisó desde el descansillo del montacargas a través de la puerta encristalada y le hizo señas y le gritó:

—¡Quico, dormilón! ¿Ahora te levantas?

La Vítora le frotaba con la toalla y le dijo por lo bajo: «Dila, buenos días, Loren». Y el niño, bajo la toalla fresa, voceó:

—Buenos días, Loren.

Y dijo la Loren:

—Buenos días, hijo. ¿Sabes que se murió el gato? ¡Mira!

Levantó en el aire un pingajo negro y el niño lo distinguió, como preso, a través del enrejado del montacargas y dijo:

—¿Por qué se ha muerto, Loren?

La Loren le respondía con una voz aguda y chillona que franqueaba los cristales como un rayo de sol:

—¿Sabes tú por qué pasan esas cosas? Le llegó su hora y nada más.

El niño no soltaba el tubo de la mano. Dijo a la Vítora a media voz:

—¿Qué dice la Loren?

La Vítora no le hizo caso. Le dijo a la Loren:

—Buena estará tu señora.

—Calcula.

La Loren arrojó el cadáver del gato al cubo de desperdicios.

—¿No le entierras, Loren? —chilló Quico.

—¿También quieres que enterremos esa basura?

—Claro —dijo el niño.

Mamá entraba y salía de la cocina. El niño estiró el bracito con el tubo de dentífrico en la mano y se lamentó:

—¿Ves? Me se ha mojado el cañón. Sécamele.

La Vítora le pasó la toalla dos veces. Le dijo:

—¿No era un camión?

—No —dijo Quico, destapándole y mostrando la boca del tubo—, es un cañón, ¿no lo ves?

—¿Y para qué demontres quieres tú un cañón?

—Para ir a la guerra de Papá —dijo.

Tosió, al concluir, y la bata de flores rojas y verdes dijo:

—Este niño se ha constipado.

Salió después y el vuelo de la bata de flores rojas y verdes dejó flotando en el aire como una estela confortadora. La Vítora le dijo al niño, mientras le ponía la elástica:

—Si toses, llamamos al Longinos.

—¡No!

—¿No quieres que venga el Longinos?

—¡No!

—Pues a mí me pinchó una vez y no me hizo daño, ve ahí.

Le embutió en una blusita azulona y le puso encima un jersey rojo vivo. Después le puso un pantalón de pana blanda. Quico frunció levemente el ceño y permanecía inmóvil, como pensativo. Dijo finalmente:

—Yo no quiero que venga Longinos.

—Pues no tosas.

Quico protestó:

—Yo no sé cuándo toso.

La Vítora concluyó de vestirle y le dejó en el suelo, dobló la toalla fresa y la depositó sobre el respaldo de la silla blanca, pasó al baño y tiró del tapón para que desaguara. Miró al niño, desamparado, y le dijo:

—El Longinos es bueno. Viene cuando estás malo y te pincha para que te pongas bueno.

Hablaba alto para dominar el zumbido de la lavadora eléctrica. El niño levantó la cabeza para ampliar las perspectivas de los bajos de la bata listada de azul de la Vítora.

—¿Y dónde te pincha, Vito? —dijo—. ¿En el culo?

—Anda, a ver. Pero no digas eso; es pecado.

—¿Culo es pecado?

—Eso; y si lo dices te llevan los demonios al infierno.

El niño enroscaba y desenroscaba maquinalmente el tubo estrujado de dentífrico. Sus ojos azules parecían ausentes. Dijo:

—Juan dice que los demonios tienen alas, Vito. ¿Es verdad que los demonios tienen alas?

—A ver.

—¿Como los ángeles?

—A ver.

—¿Y se llevarán al Moro al infierno?

La Vítora le consideró con una suerte de lejana compasión. Dijo como para sí: «Qué cosas tiene esta criatura». Y alzó la voz para decirle:

—Los gatos no van al cielo ni al infierno, para que lo sepas.

—Pero si es negro —dijo el niño, obstinadamente.

—Aunque sea negro. Los gatos van a la basura y sanseacabó.

Quico se arrodilló de improviso en las baldosas rojas, incrustadas de pequeños baldosines blancos, y arrastró un trecho el tubo de dentífrico haciendo «buuuuuuum» y, de vez en cuando, «piii-piii», hasta que el tubo tropezó con un botón negro y, entonces, el niño abandonó aquél en el suelo, tomó el botón, lo examinó detenidamente por los dos lados, sonrió y se dijo: «Un disco; es un disco». Y, torpemente, lo introdujo en el bolso de su pantaloncillo de pana; tomó, después, el tubo de dentífrico y lo guardó también. De repente se puso en pie y agarró el vuelo de la bata listada de azul:

—Vamos a por la leche, Vito.

—Aguarda.

—Dijiste que si no lloraba, me bajabas.

—¡Huy, madre, qué chico éste!

Atravesó el breve pasillo que la separaba del cuarto de plancha y regresó con un abrigo a cuadros y una bufanda y una caperuza rojos y se los colocó al niño rápidamente, sin que la notoria gafedad de sus manos dificultase sus movimientos.

—Anda, vamos —dijo.

—¿En zapatillas? —advirtió el niño.

Ella tomó la cesta:

—Mira, como vamos tan lejos.

El niño bajaba las escaleras primero con el pie izquierdo y, seguidamente, juntaba el izquierdo con el derecho en el mismo escalón, pero lo hacía rápido, casi automáticamente, a fin de no retrasar el apresurado descenso de la Vítora. La tienda estaba tres casas más allá y el niño, de la mano de la chica, recorrió la distancia, restregando su dedo anular por la línea de edificios. En la tienda olía a chocolate, a jabón y a la tierra de las patatas. Avelino distribuía el género en rejillas de aluminio y Quico recorrió con los ojos los casilleros coloreados con alcachofas, zanahorias, cebollas, patatas, lechugas y, por encima, los paquetes sugestivos de chocolates, galletas, cubanitos, macarrones y, más arriba aún, las botellas de vino negro y las de vino rojo y las de vino blanco y, a mano derecha, los tarros con los caramelos. El señor Avelino divisó su caperuza roja por encima del mostrador:

—Mucho has madrugado tú hoy, ¿eh, Quico?

—Sí —dijo el niño.

La señora Delia salió de la rebotica y, al verle, dijo:

—¿Qué dice el mozo? Mucho has madrugado.

18

Pero Quico, encuclillado, se metía entre las piernas de la parroquia y bajo el mostrador, y bajo los tarros de caramelos, y no oía a nadie. Absorto buscaba las chapas de las botellas de Coca-Cola y de Pepsi-Cola y de Kas y las iba guardando en el bolsillo del pantalón, junto al botón negro y el tubo de dentífrico y la Vítora le dijo al señor Avelino:

—¿Dónde anda el Santines?

El señor Avelino echó una mirada fugaz al reloj enmarcado de azul pálido. Dijo:

—No creo que tarde, ya hace rato que salió.

La Vítora se impacientó:

—Tengo mucha tela que cortar; deme la leche y luego el Santines que me suba esto. —Le tendió un papel al señor Avelino.

En el extremo del mostrador, una muchachita con abrigo marrón levantó una vocecita destemplada:

—¡Qué frescura! —dijo—. Todas tenemos tela que cortar, señor Avelino. Y llevo aquí de plantón más de un cuarto de hora, para que se entere. Y si cada una que llega se salta la vez...

La Vítora se volvió a ella, desencajada:

—¿Y para qué quieres la boca, hija?

Quico apareció por entre las piernas de la parroquia, mirando atemorizado a la Vítora que voceaba. El señor Avelino dijo:

—Calma, hay para todas. —Guiñó un ojo a la Vítora—: Cómo se nota que te han dejado viudita, ¿eh?

La Vítora sonrió tristemente.

—Mañana —dijo—. No me lo recuerde, señor Avelino, no sea usted malo.

El Quico ya estaba junto a ella. Dijo tomando la mano de la Vítora y bajando la voz:

—Es malo el señor Avelino, ¿verdad, Vito?

—¡Calla tú la boca!

El señor Avelino se dirigió a los tarros de caramelos y le alargó uno a Quico:

—Toma, pequeño, un chupa-chups.

La Vítora llevaba en la cesta las botellas de leche y le dijo al señor Avelino desde la puerta:

—A ver si aviva el Santines.

—Descuida.

Quico miraba ahora el redondo caramelo amarillo y lo hacía girar y girar por el palito incrustado y cuando le tomaron por la barbilla y le obligaron a levantar la cabeza experimentó una viva irritación contra el mundo. La Señora le sonreía desde su altura, entre las pieles, dulcemente, estúpidamente, y, al cabo, le dijo a la Vito:

—¿No es ésta, por casualidad, la nena del señor Infante, el de Tapiosa?

—Sí, señorita, pero es nene.

La Señora acentuó su sonrisa:

—Claro —dijo—, a esta edad. Le ve una tan rubio y con esos ojos...

Quico se había puesto serio, casi furioso:

—Soy un machote —dijo.

Ella rió, ya en alta voz, divertida:

—¿Así que eres un machote? —preguntó.

A Quico le dolía la nuca y la estatura de ella y su condescendencia y experimentó uno de sus súbitos arrebatos. Chilló:

—¡Mierda, cagao, culo...!

La sonrisa de la Señora se cerró instantáneamente, mecánicamente, como un esfínter.

Le regañó:

—Eso está muy feo. Los niños buenos no dicen esas cosas.

La Vítora se puso seria y le zarandeó:

—No le haga usted caso —le dijo a la Señora—. Desde que ha venido la hermanita tiene unos prontos que qué sé yo.

Dijo el abrigo de pieles:

—¿Qué número hace?

—¿Éste? El quinto. Y dicen que no hay quinto malo, ya ve.

Luego, en el montacargas, la Vítora rezongaba:

—Se lo voy a decir a tu mamá, para que lo sepas. ¿Tú crees que son ésas maneras de contestar a una señora? La Vito es demasiado de buena, pero un día se va a cansar y no te va a querer.

El niño tenía ahora, al mirarla, los ojos lánguidos, como con mucho blanco, por debajo de las pupilas.

—¿Es pecado, Vito? —dijo.

—¿Pecado? ¡Y de los gordos! Si te agarran ahora los demonios no paran hasta dejarte en los infiernos.

Al apearse en el descansillo del montacargas, Quico tenía una expresión sombría. De reojo miró al otro lado de la rejilla y divisó la madeja desmayada del Moro negreando lastimosamente entre las basuras. La Vítora dio dos golpes en el cristal. Le dijo:

—Mira, ya está tu mamá bañando a la Cristina.

Él entró sonriente, triunfal, levantando el chupa-chups por encima de su cabeza. Reparó, de pronto, en el vientre abombado, liso, de su hermana y dijo:

—Cris no tiene pito, ¿verdad, mamá?

—No —respondió Mamá evasivamente.

—¿Y tú? ¿Tienes tú pito, mamá?

—Tampoco; eso sólo lo tienen los niños.

A Quico se le redondearon los ojos azules y exclamó:

—Entonces, papá ¿tampoco tiene pito?

Las 11

—Mira, Juan, un avión —dijo Quico.

Giraba sobre sí mismo sosteniendo el tubo de dentífrico entre dos dedos e imitando con la boca el zumbido de un motor y, al cabo de un rato, cesó de dar vueltas, arrastró el tubo por el fogón rojo de sintasol durante un trecho y le detuvo.

—Mira, Juan —dijo—, ha aterrizado.

La Vítora examinó un momento a Juan, levemente descolorido, sus ojos concentrados, profundos y negros ribeteados de ojeras:

—Ha adelgazado este chico —dijo—. Se le nota.

Voceó Quico:

—¡Mira, Juan, ha aterrizado!

Mamá envolvió a la niña en la toalla fresa y dijo:

—Mañana irá al colegio. Ayer ya no tuvo fiebre.

Quico tomó el tubo y giró de nuevo sobre sí remedando el zumbido de un motor.

—Mira, Juan —dijo—; ¡qué alto vuela!

—Déjame —dijo Juan.

Los ojos negros de Juan recorrían ávidamente los carteles de la historieta y sus labios se movían imperceptiblemente: «Nuestro héroe recibe un golpe en la nuca al entrar en una de las celdas y cae de bruces al suelo». Quico guardó el tubo de dentífrico en el bolso del pantalón y se aproximó reverentemente a su hermano:

—¿Es bonito? —dijo.

—Sí —respondió Juan, maquinalmente.

Quico estiró un dedo y lo fue arrimando poco a poco hasta tocar el papel:

—¿Quién es ése? —preguntó.

—El Cosaco Verde —respondió Juan.

—¿Es malo?

—No; es bueno.

—¿Y ése?

—Ése es Tang; ése sí que es malo. Es el jefe de los piratas.

Quico extrajo del bolsillo el tubo de dentífrico, lo destapó y dijo:

—Le voy a matar con mi cañón.

—Quita —dijo Juan sin alzar los ojos del tebeo, apartando a Quico ásperamente con la pierna.

—¿Por qué no quieres que lo mate con mi cañón, si es malo?

Juan no le oía. Leía ávidamente: «Si intentas alguna traición dispararé contra ti. ¡Haz que tus hombres arrojen las armas!».

La Vítora vertía la leche en una cazuela y, al hacerlo, derramó unas gotas en la superficie de sintasol. Depositó la cazuela sobre el hornillo y suspiró hondo.

Dijo Mamá:

—Y de Seve, ¿no se sabe nada?

—Digo yo que su madre seguirá igual, cuando no viene —respondió la Vítora y suspiró más hondo aún.

—¿Ya? —dijo Mamá.

—Mañana, ya ve. Para el caso...

Quico se encaramó en la butaquita de mimbre y, con el dedo, extendió sobre·el sintasol las blancas gotas de leche. Ladeaba la cabeza como buscando una perspectiva y una vez que consiguió una madeja inextricable voceó gozosamente:

—¡Vito, Juan, San Sebas!

Juan arrojó el tebeo al suelo y se acercó a él desganado. Miró el jeroglífico, frunciendo el ceño y dijo despectivamente:

—¿Es la playa eso?

Quico había enrojecido de entusiasmo al tiempo que exclamó:

—¡Mira, unos señores que van nadando y otro señor que toma el sol y...!

Juan encogió los hombros y de su rostro irradió un profundo desencanto.

—No se parece nada —dijo.

La Vítora se dirigía ahora a Mamá:

—Cinco de cada ciento van al África y le va a tocar a él. ¿Qué le parece?

—Mujer —dijo Mamá—. Alguno había de ir.

—¡Concho!, eso digo yo, pero ¿por qué todo lo malo tiene que tocarla a una? ¿No hay más gente en el mundo?

—¿Y el de la Paqui?

—¿Quién, el Abelardo? ¡Huy, madre! Ése ha nacido de pie, como yo digo. Yo no sé cómo se las arregla esa chica que todo le sale a derechas. El sábado va y la toca el cupón y, el lunes, sortean y el novio aquí, ¿qué la parece?

La niña palmoteaba y decía:

—Atata, atata.

Quico se llegó a ella, le tomó las manos y la hizo palmotear con más fuerza y la niña reía a carcajadas y el niño rompió a reír también y la niña volvió a decir:

—Atata.

Quico tiró de la bata de flores rojas y verdes:

—¡Dice patata! ¡Mamá, Cris ha dicho patata!

Y Mamá decía:

—... y, después de todo, eso no es ninguna desgracia.

La Vítora se enfurruñó:

—Según se mire. La Paqui, ya ve, me sale ahora con que lo mismo el Femio se lía allá con una negra.

—Tonterías —dijo Mamá.

—A saber. Y el Abelardo lo mismo, que tal como están ahora los negros, cualquier cosa.

Quico volvió a tirar de la bata de flores rojas y verdes:

—Mamá, Cris ha dicho patata.

Mamá le apartó sin miramientos:

—Hijo, por Dios, déjame, qué pesado, me tienes aburrida.

La Vítora echó leche en un tazón y el resto de la cazuela lo distribuyó entre dos platos, abrió un bote con la efigie de un bebé sonriente y sirvió en cada plato una gran cucharada con copete de polvos amarillos.

—Hala, a desayunar —dijo revolviendo, alternativamente, los dos platos.

Sentó a Quico en una silla blanca, arrimó otra a la mesa para Juan y ella acomodó a la niña en su regazo. La niña ingería la papilla sin rechistar y, a cada cucharada, se le formaba en torno a los húmedos labios un ribete amarillento. Juan colocó *El Capitán Trueno* ante sus ojos, utilizando el azucarero por atril, y al tiempo que migaba un bollo en el Colacao, devoraba la historieta: «Pagaréis cara vuestra osadía». «¡Aaaag!» «Adelante, compañeros, que ya son nuestros.» «¡Toma, canalla; ahora te toca a ti!» En tanto, Quico golpeaba rítmicamente el mármol blanco con la cuchara y la Vítora le dijo:

—Vamos, Quico, come. ¡Ay, qué criatura, madre!

Quico introdujo torpemente la cuchara en la papilla y la revolvió y los surcos se marcaron profundos en el plato. Miró y tornó a revolver.

—Te se va a quedar fría, come.

Quico canturreó: «Están riquitas por dentro; están bonitas por fuera». La niña concluía ya su desayuno y la Vítora se alborotó toda:

—¡Mira que llamo a tu mamá, Quico!

Quico se llevó desganadamente a la boca una cucharada de papilla y la paladeó con repugnancia:

—¡Qué asco! —dijo.

Juan leyó con los ojos abiertos como platos: «Pero basta ya de charla; ¡vas a morir!». La Vítora dejó a la niña en el suelo y quitó la cucharilla de la mano de Quico:

—Trae acá; pareces un niño pequeño.

—¡No soy un niño pequeño!

—Sí, un pequeñajo; eso eres tú.

—¡No soy un pequeñajo!

—¡Pues come! Así te harás grande como tu papá, que si no...

Quico abrió la boca, cerró los ojos y tragó. Quico abrió la boca, cerró los ojos y tragó. Quico abrió la boca, cerró los ojos y tragó; parecía un pavo:

—Ya no más, Vito —dijo con los ojos anegados, implorante.

La Vítora le pasó dos veces el babero por los labios, cogió el plato con los restos de la papilla, arrojó éstos al cubo de la basura y, luego, tomó cuidadosamente unas mondas de patatas y los cubrió. Juan le dijo a Quico:

—Quita.

Dijo Quico:

—No me he hecho pis en la cama, Juan. ¿Verdad, Vito, que no me he hecho pis en la cama?

—No; ya eres un mozo.

—Atito —dijo Cris.

—¡Dice bonito! ¡La niña ha dicho bonito, Vito!

La Vítora tomó la aspiradora, el escobón, la bayeta y el recogedor y abrió la puerta:

—¡Ojo! —dijo asomando la cabeza despeinada por el hueco—. No hagáis barrabasadas.

Quico dio una vuelta completa sobre sí, gozándose en su independencia. Al cabo se dirigió a la rinconera, junto al fogón, y la abrió de un tirón. El resbalón hacía «clip» al abrirse el portillo, y «clap» al cerrarse, y Quico abrió y cerró dos docenas de veces escuchando atentamente y sonriendo. Cuanto se cansó miró dentro y divisó los paños de cuadros blancos y rojos, amarillos y blancos, blancos y azules y, arriba, en el estante los frascos y botes de abrillantadores y detergentes. Cerró, se arrodilló y abrió la pequeña portilla, bajo el fogón:

—El garaje —dijo.

Cristina, sentada bajo la mesa, cogía minúsculas migas de pan y se las llevaba a la boca. Juan, inmóvil, pasaba las hojas sin pestañear.

—¡El garaje, Juan! —voceó Quico.

—Sí —dijo Juan mecánicamente.

Arriba estaba el gigantesco termo blanco —la bomba atómica— y, a la izquierda, la cocina eléctrica y, a su lado, el fogón de sintasol rojo y, más a la izquierda, la puerta encristalada del montacargas y, junto a la puerta, la fregadera empotrada y, sobre ella, el escurreplatos y, poco más allá, la pila, que hacía esquina con el corto pasillo, donde se abrían las puertas de la despensa y el aseo de servicio, y comunicaba con el cuarto de plancha. Y el grifo frío de la pila siempre goteaba y hacia «tip» y, al cabo de diez segundos, volvía a hacer «tip», pero eso era cuando todos, niños y grandes callaban, y, alguna vez, Quico arrastraba junto a la pila su butaquita blanca de mimbre, se sentaba y jugaba a decir «tip» al mismo tiempo que la pila y cada vez que su «tip» coincidía con el «tip» del grifo frío, de modo que hiciera «tiip», él palmoteaba y reía a carcajadas y llamaba a Cris para que fuese testigo.

Frente a la puerta del montacargas estaba la mesa blanca, con el tablero de mármol blanco y un armario blanco colgado donde la Vítora guardaba el frutero con las naranjas, las manzanas y los plátanos, el azucarero, el salero y la tila y el boldo que Papá tomaba por las noches, después de cenar. Y, luego, a la derecha de la puerta, que comunicaba con el resto de la casa, se alzaba la caldera de la calefacción, brillante de purpurina y una barrita de cristal encima llena de rayas minúsculas y de números y, atravesándola, un filamento rojo bermellón, que se estiraba y se encogía como la tripa de Jorge.

Quico accionó el picaporte poniéndose de puntillas y salió. Andaba mirando al suelo y, de repente, se agachó, tomó una chincheta con la punta oxidada y la cabeza verde y corrió hacia su cuarto:

—¡Mamá! —chilló—. Mira lo que me he encontrado.

Mamá, aturdida por el motor de la aspiradora, recorría los rincones sin oírle. Le vio de pronto, en la puerta, en la corriente, y gritó:

—¡Vete de ahí! ¿No ves que te vas a enfriar?

Quico agitó el brazo con la chincheta verde en la punta de los dedos:

—Toma —dijo.

Mamá paró la aspiradora y se acercó a él. Tenía un cigarrillo en la mano derecha.

—¿Qué quieres? —preguntó.

—Mira lo que me he encontrado.

Mamá miró la chincheta herrumbrosa.

—Muy bien —dijo—. Has sido muy bueno. ¡Hala, ahora vete!

—Si no, se la traga Cris, ¿verdad, mamá? —dijo Quico sin moverse.

Mamá se llevó el pitillo a los labios y tomó de nuevo el mango de la aspiradora con las dos manos.

—Claro —dijo suavemente—. Ahora vete.

—Y se muere, ¿verdad, mamá?

—Sí, sí, claro —levantó la voz.

—Como el Moro, ¿verdad, mamá?

Mamá saltó como cuando se oprime un resorte. Retiró el cigarrillo de la boca para chillar:

—¡Vamos! ¿Quieres marchar de una vez?

Quico penetró en la cocina con la cabeza gacha, el ceño fruncido y la niña le miró desde debajo de la mesa y dijo: «Ata-atata», pero Quico no reparó en ella, cruzó hasta el retrete de servicio, se levantó dificultosamente una pernera del pantalón y lanzó un chorrito transparente y minúsculo. Luego se llegó al cuarto de plancha, hurgó unos segundos en la estantería del rincón y sacó de una caja de hojalata el chupa-chups amarillo. Sonrió. Regresó a la cocina, quitó el papel del caramelo, y le dijo a Juan:

—Anda —dijo—, mira lo que tengo.

Juan, abstraído, leía: «Voy a tener el gusto de meterte un plomo entre las dos cejas, amiguito».

—¡Juan! —repitió Quico flameando el chupa-chups y haciéndolo girar sobre el palillo—. ¡Mira!

Juan levantó sus profundos ojos negros, que se iluminaron de súbito en un relámpago:

—¿De quién es? —dijo.

—Mío —dijo Quico.

—Dame un cacho.

—No.

La niña salió de debajo de la mesa como un perro que captara los vientos de una pieza y se puso dificultosamente en pie. Sujetó a Quico del jersey y tironeó de él hacia abajo:

—Atito —dijo.

—No —dijo Quico—. Un poquito, no.

—Dame un cacho, anda —repitió Juan.

—Es mío —dijo Quico.

32

Juan introdujo una mano en el bolsillo de su pantalón y sacó una sucia petaquilla de plástico, la abrió y le mostró el pequeño cabo de un lapicero de mina roja, un sucio pedacito de goma de borrar y dos monedas de diez céntimos.

—Te doy el lápiz si me das un cacho —dijo.

Pero Quico paladeaba ya el caramelo y, de vez en cuando, lo sacaba de la boca para desprender de él un pedacito de papel transparente. Cris, la niña, cansada de tirar de él, empezó a llorar.

—Te doy también la goma —dijo Juan.

Quico sonreía triunfalmente y, de nuevo, izó el chupa-chups como una bandera y sonrió sacando la lengua y arrebañando con ella los restos de golosina que se pegaban a sus labios:

—Es mío —dijo—. Me lo dio el de la tienda.

De pronto, Juan, cuya garganta se movía lentamente, a intervalos, como si tragase algo, se llegó a él, le quitó el chupa-chups de la mano, le propinó un mordisco y se lo devolvió. La esferita quedó truncada en unas estrías blanquecinas, como de hielo, y Quico, al verlo, se enfureció, arremetió contra su hermano a patadas, al tiempo que lloraba con rabia. La niña berreaba también, junto a él, levantando sus rollizos bracitos hacia el caramelo y, súbitamente, la puerta se abrió y penetró como un huracán la bata de flores rojas y verdes y una voz dijo, desde lo alto de la bata:

—¿Qué escándalo es éste? ¿Puede saberse qué pasa aquí?

Cris continuaba con las manitas en alto, mientras Quico y Juan se quitaban la palabra de la boca, se acusaban mutuamente y, por fin, una mano que emergió de la bata de flores, atrapó el chupa-chups y dijo:

—Hala, para nadie; así todos contentos.

Al cerrarse la puerta hubo un silencio expectante, como una pausa, que Juan quebró, frotándose los nudillos de una mano con los de la otra y diciéndole a Quico:

—Anda, chínchate.

Súbitamente, Quico arrancó hacia el cuarto de plancha y voceó:

—¡Pues ahora me muero!

—Ta-ta-ta-tá —dijo Juan, simulando apuntarle con una metralleta mientras su hermano corría, y Cristina le miró a Juan y remedó con extraño entusiasmo:

—Ata-ata-ata.

Y luego sonrió y, al sonreír, se le formaban en la carne prieta de las mejillas unos hoyuelos como los que tenía en los codos.

Las 12

Sintió detenerse el montacargas y salió de su rincón entre los dos armarios rojos y, justo en el momento que abría la puerta encristalada, Santines arrastraba el cajón con el pedido hasta el descansillo. Pero el cajón topó impensadamente con una baldosa desnivelada, coleó y atrapó dos dedos de Santines contra el enrejado. El chico se llevó instintivamente la mano dañada a la boca y dijo con rabia:

—¡Leche, me pillé!

Quico le miraba atentamente, poniendo el mismo gesto de dolor que veía en la cara del otro y cuando Santines se frotó los dedos lesionados contra el delantalón gris, él lo hizo también contra las blandas estrías de su pantalón de pana, aunque en forma apenas perceptible.

—Hola —dijo al cabo.

El otro preguntó:

—¿Está tu mamá en casa?

Quico asintió sin palabras. Juan le oyó desde dentro, abrió la puerta del pasillo y voceó:

—¡Mamá, el de la tienda!

Pero vino la Vítora y le dijo a Santines, malhumorada:

—Podías haber subido más tarde, espabilado. Mira la hora que es.

—No uso —respondió descaradamente el chico, mostrando su desnuda muñeca.

Y dijo la Vítora con segundas:

—No, ¿eh? Pues ya le diré a tu jefe que te merque uno, ¡no te amuela!

El chaval se puso en jarras.

—Oye —dijo—. Por si no lo sabes te diré que yo no he mandado a nadie al África.

Por un instante pareció que los ojos de la Vítora iban a escapar de las cuencas. Se llegó a él, levantó el antebrazo y dijo mordiendo las palabras:

—¡Calla la boca o te meto una así que te vas a acordar de la Vítora mientras vivas!

El chico, que instintivamente había alzado un brazo para protegerse, lo bajó al ver que la otra lo bajaba. Silbó.

—Bueno está el patio —dijo.

Cris, sentada en el suelo, hurgaba en el cajón, alineaba las cebollas y las naranjas en las baldosas, mientras Quico y Juan seguían el duelo dialéctico, moviendo alternativamente la cabeza, como en una partida de tenis. La Vítora fue tomando las mercancías del cajón y amontonándolas sobre el fogón de sintasol rojo. Santines la miraba hacer, observaba sus manos torcidas, notoriamente agarrotadas, y, sin embargo, de movimientos ágiles.

—Vaya manos —murmuró—. ¿Dónde vas con esas manos?

La Vítora volvió a mirarle encolerizada:

—¿Qué se te da a ti de mis manos, ¿eh? Di.

El otro se encogió de hombros:

—Eres gafa; sólo eso.

—Bueno, y a ti, ¿qué?

—Nada.

—Por eso.

Quico se fue acercando tímidamente a Santines y terminó por agarrarle del blusón gris y tirar de él hacia abajo:

—Oye —le dijo—. Hoy no me he hecho pis en la cama.

—¡Vaya!

—¿Verdad, Vito, que hoy no me he hecho pis en la cama?

—No, majo.

Quico, en vista de que no lograba hacer descender la atención de Santines, volvió a tirarle del mandil y cuando el chico le miró, le dijo:

—¿Tú no vas al colegio?

Santines rió en corto, con un deje como de aspereza y dijo:

—No, chaval; yo no voy al colegio.

—¿Porque estás malo?

Santines se golpeó el pecho con los dedos apiñados:

—¿Yo, malo? Yo estoy más bueno que Dios —dijo.

La Vítora le tendió el cajón:

—Toma, anda, lárgate y así revientes.

Santines hizo un gesto burlón:

—¿Tan mal me quieres?

La Vítora cerró de golpe la puerta de cristales. Gritó:

—Yo no te quiero ni bien ni mal, para que te enteres.

Santines, con el cajón a la espalda, le hacía muecas tras los cristales con la mano izquierda remedando su gafedad y reía descaradamente. Dijo la Vito:

—Un día le voy a romper los morros a ése o no sé lo que voy a hacer.

Luego abrió la trampilla de bajo el fogón, arrimó un cubo y lo llenó de carbón con el cogedor.

—¿Vas a encender la calefacción, Vito? —preguntó Quico.

Los movimientos de la Vítora eran bruscos, de un malhumor reprimido. La bata de flores rojas y verdes entró, de repente, en la cocina.

—¿No vino Domi todavía? —dijo.

—Ya ve.

—¿No son las doce?

—Ya hace rato que dieron.

Quico se acercó a la caldera de la calefacción e intentó abrirla. No lo consiguió y, entonces, sujetó el tirador con ambas manos e impulsó hacia arriba con fuerza. El portillo saltó y le cogió un dedo contra la silla. Instintivamente el niño se llevó la mano a la boca. Chilló:

—¡Leche, me pillé!

La bata de flores rojas y verdes se inclinó implacable sobre él:

—¿Qué has dicho? —dijo—; ¿no sabes que eso no se dice, que es un pecado muy gordo?

La Vítora, acuclillada junto a la caldera, le miró entre compasiva y socarrona. Dijo:

—¡Qué chico éste! ¿Dónde aprenderá esas perrerías?

La bata de flores se había enderezado, mientras Quico se aplastaba contra la mesa, junto a Juan. Dijo la bata:

—Eso digo yo. ¿Quién le enseñará esas cosas?

La Vítora alzó su mirada sumisa, unos ojos garzos levemente irritados.

—Si va por mí —dijo—, se equivoca.

Juan se agachó un poco y le dijo a Quico al oído: «Ji, leche» y Quico le miró en cómplice y rió también y tomó la mano de su hermana que hacía corro con ellos en torno a la caldera. La Vítora estrujó el periódico de la víspera, colocó unos palitos encima y, finalmente, procurando no aplastar el papel, introdujo unas astillas, rascó un fósforo y le prendió fuego. Las llamas ascendieron, zumbando y caracoleando y Juan dijo:

—El infierno.

Quico le miró, escéptico.

—¿Es eso el infierno? —preguntó.

Salió la bata de flores rojas y verdes y la Vítora le dijo:

—Así, sólo que más grande. Ahí vas a ir tú si te repasas o dices esas cosas.

Quico frunció las cejas.

—¿Voy al infierno —preguntó— si digo leche?

—Eso.

—¿Y si me repaso, Vito?

—También.

Agachó la cabeza y se miró los pantalones, entre las piernas, y se pasó primero una mano y luego la otra.

—Toca, Vito —dijo—. Ni gota.

—A ver lo que dura —dijo la Vito.

El fuego se incrementaba, silbaba; era como si la Vítora tratara de enlatar un huracán:

—¡El demonio! —chilló Juan de pronto—. ¿No viste saltar al demonio, Quico?

—No —dijo Quico decepcionado.

Los tres niños miraban el fuego como hipnotizados. Las pupilas de Quico estaban empañadas por una sombra de terror. Dijo la Vítora compadecida:

—No era el demonio; era humo.

Quico vaciló.

—¿No era el Moro? —dijo.

—¿A qué ton el Moro?

—Como es negro.

La Vítora cargó la paleta de carbón y la arrojó sobre las llamas, que empezaron a palidecer y a desparramarse y, poco a poco, con el rojo resplandor, decreció la expectación de los niños. La Vítora concluyó de cargar la caldera y cerró el portillo. Dijo Quico a Juan:

—¿Tiene alas el demonio, Juan?

—Claro.

—¿Y vuela muy de prisa, muy de prisa?

—Claro.

—Y si soy malo, ¿viene el demonio volando y me lleva al infierno?

—Claro.

—¿Y el demonio tiene cuernos?

—Sí.

—¿Y mocha?

Juan levantó los hombros, sorprendido.

—Eso no sé —confesó.

La Vítora manipulaba en la cocina y el fogón y había sobre un hornillo una cazuela de aluminio que humeaba y ella colocó, sobre el hornillo grande, otra cazuela, y en éstas llamaron a la puerta. La Vítora ladeó ligeramente la cabeza.

—Abre, Quico —dijo—. Es Domi.

Juan se abalanzó a la puerta. Voceó Quico:

—¡Me ha dicho a mí!

Añadió la Vítora:

—Dila «buenos días, Domi».

Los dos niños se peleaban por abrir la puerta y cuando la Domi apareció en el umbral, con el cuello del abrigo subido, dijo Quico:

—Buenos días, Domi.

Rutó la Vieja:

—¿No vino la Seve?

—Nada, ya ve —respondió la Vítora.

—Buenas vacaciones —gruñó la vieja, contrariada, y agregó—: ¡Madre, qué día más perro!

Traía la nariz y la parte superior de las mejillas arreboladas. Se desembarazó del abrigo. Quico tiraba de ella y le decía:

—¿Un perro? ¿Qué perro, Domi?

—Vamos, quita —dijo la Domi de mal talante—. ¡Qué chico éste! No la deja a una ni a sol ni a sombra.

Se llegó al cuarto de plancha, guardó el abrigo en uno de los armarios rojos y regresó a la cocina. Hizo un gesto con el dedo pulgar hacia la puerta de comunicación. Preguntó a la Vítora:

—¿Está mosca?

—A ver.

Quico terció, mirando a los altos, girando la cabecita rubia hacia todas partes:

—¿Dónde está la mosca, Domi?

—¡Vamos, calla la boca tú!

Entró súbitamente la bata de flores rojas y verdes. La Domi adoptó una actitud compungida; apretó fuertemente los párpados hasta que en uno de los ángulos de los ojos surgió una lágrima. La bata se aplacó:

—¿Ocurre algo, Domi?

Ella suspiró:

—¿Qué va a ser, señora? Lo de siempre.

42

—¿Le han recluido?

—Eso quisieran, pero ya ve, ni sitio.

—¿No hay sitio?

—Lo que dice mi Pepe, ahora hasta para entrar en el manicomio hace falta recomendación.

Suspiró hondo y, al fin, la lágrima resbaló mejilla abajo y, ya en la comisura de los labios, la atajó con el envés de la mano. Dijo Quico, a sus pies, alzando la cabeza:

—Domi, hoy no me he hecho pis en la cama.

La Domi le acarició la rubia cabeza.

—Madre, ¡qué mozo! —dijo.

La Vítora corroboró:

—No se crea que es broma, señora Domi; el Quico no se ha meado hoy en la cama; ni se ha repasado tampoco.

La niña levantaba los bracitos hacia la Domi y la vieja se inclinó y la cogió y roció su carita de ruidosos, frenéticos besos. Dijo la bata:

—Yo le hablaré al señor; a lo mejor él puede hacer algo.

La Domi dijo muy bajo, como si rezase, «Dios se lo pague», y, después, tan pronto la bata salió le dijo a la Vítora, cambiando la expresión de su cara:

—Arrima un poco de leche a la lumbre, tú.

La Vito suspiró. La asaltó repentinamente una idea, se volvió al armario blanco, abrió una de las puertas, tomó un transistor, envuelto en una desgastada funda color tabaco, y lo conectó. La voz salió un poco áspera, un poco gangosa, un poco rutinaria: «A Genuino Alvárez —dijo—, por haberle tocado a África, de quien él sabe, oirán ustedes *Cuando salí de mi tierra*». Saltó la canción un poco áspera, un poco empastada, un poco agria, pero Vítora se llevó las manos al pecho y dijo:

—¡Ay, madre, se me pone un hueco así!

Quico se acercó a ella:

—¿Es Femio, Vito?

—¿Quién, hijo?

—El que canta.

—No, majo, pero como si lo fuera.

La Domi se levantó y tomó un plátano del frutero. Vestía toda de negro, vestido, medias y zapatos negros y, en casa, se ataba a la cintura un delantal blanco. Volvió a sentarse y cogió a la niña en el regazo. Dijo con la boca llena:

—Peor estoy yo, mira. El mío ya no vuelve.

La Vítora se excitó toda:

—Ande, señora Domi, para eso es usted vieja.

—¿Vieja yo?

—Ande, a ver.

Se llegó Quico a ella. Juan había vuelto a enfrascarse en la lectura de *El Cosaco Verde*. Dijo Quico:

—¿Eres vieja y te vas a morir pronto, Domi?

—Anda, quita de ahí. ¡Qué criatura más apestosa, madre! ¿No quieres hacer pis?

—No, Domi.

—Como te hagas una gota te corto el pito, ya lo sabes.

—Sí, Domi.

De pronto se le aclaró la mirada a Quico.

—¿Sabes que se ha muerto el Moro, Domi? —dijo.

—¿El Moro? ¿El gato?

—Sí.

La Domi se dirigió ahora a la Vítora:

—¡Madre, cómo estará la bruja!

—Mire.

Dijo Quico:

—¿Qué bruja, Domi? ¿Dónde hay una bruja?

—Vamos, quita de ahí. Es que no la deja a una ni respirar, ¿eh? —Volvió a dirigirse a la Vítora—: Habrá que oírla.

Cristina empezó a lloriquear y la Domi movió acompasadamente las piernas y canturreó: «Arre, borriquito, vamos a Belén...» y la niña se recostó en su pecho y cerró los ojos. Dijo:

—Esta criatura está muerta de sueño.

La radio dijo:

«A Ezequielín Gutiérrez, de sus papás, al cumplir los dos añitos, con cariño. Oirán ustedes *La Violetera.*»

La Vítora iba del fogón a la cocina, de la cocina al escurreplatos, del escurreplatos al armario, del armario a la despensa, de la despensa a la caldera y de la caldera al fogón de sintosol rojo otra vez. De cuando en cuando suspiraba y decía: «Ay, madre». Y desde que empezó la música los suspiros eran más profundos y frecuentes. Quico la miraba cada vez y, una de ellas, le dijo:

—¿Sabes, Vito, que la tía Cuqui va a traerme una pistola?

—¿Una pistola?

El niño asintió sonriendo y mordiéndose el labio inferior. Añadió la Vítora:

—¿Y para qué quieres tú una pistola?

—Para matar a todos —dijo el niño.

—¡Jesús! ¿Y a la Vito también?

Quico asintió de nuevo con la cabeza, sin cesar de morderse el labio. Intervino la Domi:

—Si le das palique a éste ya vas arreglada.

Cristina lloriqueó y forcejeó luego por zafarse de los brazos de Domi y escurrirse hasta el suelo. La vieja se incorporó rutando: «Coña de cría, ¿qué demonios querrá ahora?». Quico se dirigió de nuevo a ella:

—Domi, ¿sabes que hemos visto al demonio?

—Sí, ¿verdad?

—Sí, en la calefacción, ¿verdad, Vito?

Dijo el transistor:

«A Julio Argos, al marchar a África, de sus amigos de la peña. Oirán ustedes *El pájaro cho-güí.*»

La Vítora tomó el receptor y amplió el volumen.

—Me pirro por esta copla —explicó—. ¡Y anda que el Femio!

La Domi se disponía a contestarle cuando Quico interpuso su rubia cabeza y dijo:

—Sí, Domi; era el demonio y era negro y tenía alas y cuernos y...

La vieja se irritó:

—¡Anda, quita del medio que te doy un...!

Se abrió la puerta y penetró la bata de flores rojas y verdes y la Domi sonrió y le acarició al niño la rubia cabeza con la mano, que ya tenía levantada y dijo:

—Ya ve qué cosas tiene el Quico. Ahora sale con que ha visto al demonio. Pues no, majo; el demonio está en los infiernos y no viene a llevarse a los niños buenos como tú.

La 1

La habitación se hallaba limpia, ordenada, el suelo brillante, como si nunca hubiera sido utilizada. La librería de escalerillas metálicas dividía la estancia en dos y cabe la ventana se tendía una mesa alargada, con la pantalla de sube y baja encima —el Ángel de la Guarda— donde los chicos hacían sus deberes al regresar del colegio. En los rincones del fondo estaban las camas de Pablo y Marcos, cubiertas de colchas de cretona y, entre ellas, la amplia cuna de Quico con los costados de barrotes, como una cárcel. Al penetrar en la habitación, Mamá le advirtió:

—Cuando quieras pis, dilo.

Quico abrió las piernas y se miró los bajos de los pantalones y, como si aquel examen no le convenciera, se pasó por ellos, primero la mano izquierda, luego la derecha y, al concluir, dijo:

—Toca; ni gota.

Domi se retrasaba y entonces dijo Juan:

—¿Quieres que veamos el Arco Iris?

—Sí, el Arco Iris —respondió Quico.

Juan entrecerró los cuarterones, tomó de la mano a Quico y con precaución, en la penumbra, se desplazaron hasta los pies de la cuna. Los dos niños levantaron simultáneamente la cabeza hasta el tercer estante. Un rayo de luz resbalaba por los lomos de los libros y arrancaba destellos versicolores y Quico dijo:

—Es bonito, ¿eh, Juan?

Juan meneó la cabeza de un lado a otro.

—Es más bonito cuando hace sol —dijo.

Quico se lanzó, de pronto.

—¿Por qué no haces el Ángel de la Guarda, Juan? —preguntó.

—Espera —dijo Juan.

Quico sonreía anhelante mientras Juan se encaramó en la silla, levantó la pantalla de amplias alas cuanto le dio de sí el brazo y la soltó de repente. La pantalla empezó a pendulear en amplios arcos y Juan se arrojó de la silla de un salto y se colocó al lado de su hermano y Quico le miró sonriente y volvió a mirar a la lámpara y dijo:

—El ángel es bonito, ¿eh, Juan?

Juan entornó los párpados para reforzar la imaginación:

—¡Dios! —dijo de pronto—, si no es un ángel; es un demonio, ¿no lo ves?

Quico se apretó contra él:

—No es un demonio, Juan —dijo.

—Sí —agregó Juan—. ¿No le ves las alas y los cuernos y que vuela muy de prisa?

Quico le agarró por el jersey:

—No es un demonio, ¿verdad, Juan?

Juan fruncía la cara para subrayar sus palabras.

—¿No le ves —dijo— qué furioso está?

Quico se pegó a él.

—Abre, Juan —dijo con voz trémula—. Es un demonio. Y hay una bruja también. Domi lo dijo.

Pero Juan no abría la ventana y decía, por el contrario:

—Es el demonio que viene a por ti para llevarte de los pelos a los infiernos, ¡mírale!

Quico temblaba. Gimió agarrando a su hermano por la cintura:

—¡Abre, Juan, anda!

—¡Y mira la bruja! —chilló Juan señalando la sombra de la pantalla en la pared.

Quico pateó el suelo nerviosamente y comenzó a llorar.

—¡Abre! —gritó—. ¡Juan, abre!

Entró la Domi con la niña de la mano.

—¿Se puede saber por qué demontres cerráis las ventanas para jugar? —inquirió.

Quico se precipitó hacia ella:

—Hay un demonio y una bruja, Domi. Y el demonio quería llevarme de los pelos al infierno.

50

La Domi abrió los cuarterones con la mano libre.

—No empieces con tus pamplinas —advirtió—. Que tú eres muy pamplinero.

Juan se había sentado junto a los bajos de la librería, impulsó la corredera y sus ojos profundos se abismaron en aquella barahúnda policroma y desconcertante. Sacó primero el pelotón de colores y lo hizo botar un rato sin levantarse. Después tomó la caja de pinturas, con la tapa rota, y la cambió de sitio. En el fondo había un fuerte, quebrado en una esquina, en la empalizada, y Juan lo consideró un momento y, al cabo de un instante, se volvió a Quico:

—¿No hay indios, Quico? —dijo.

—No.

Quico se fue aproximando lentamente a su hermano y, al llegar a su lado, propinó un puntapié al pelotón de colores:

—¡Gol! —dijo.

Juan se incorporó de un salto.

—¡Venga! —dijo—. Yo soy Diestéfano.

Se cambiaba el balón de pie y Quico le cerraba el paso, torpe, inútilmente. Correteaba tras él sin esperanza y, a duras penas, lograba, de tarde en tarde, tocar el pelotón. En su forcejeo tropezaban en las sillas, se enredaban en el triciclo rojo, chillaban. La Domi levantaba a la niña a la altura de los cristales y le decía: «Mira cómo corren los coches. ¡Huy, cuántos coches!». Y Cris replicaba con sus labios gordezuelos, siempre húmedos: «A-ta-ta».

El grito les dejó paralizados y aguardaron a que la puerta se abriera en posición de firmes. Mamá ya no era una bata de flores rojas y verdes, sino un jersey a rayas blancas y azules y una falda gris y unas zapatillas de cuero en chancletas y un cigarrillo, con una hebra de humo azul, entre los dedos delgados y largos. Mas la voz era igual a la de la bata.

Les reprendió:

—Os he dicho más de veinte veces que en casa no se juega a la pelota. —Se volvió a la Domi—: Y usted, ¿para qué está ahí?

Dijo la Domi:

—Mire, señora, ¿usted cree que hacen caso?

Mamá se agachó y adoptó una actitud de extrema energía.

—No os lo digo más veces, ¿me oís? —dijo—. A la próxima os quedáis sin propina.

Quico merodeó durante cinco minutos por la habitación sin saber qué hacer. Juan se sentó en una silla después de tomar un gran álbum de la librería. En la portada decía: *La Conquista del Oeste*. Lo abrió y sus ojos, atentos, se concentraron en el primer cromo y sorbió el texto como un licor estimulante: «Hace unos ciento treinta años, el oeste era una misteriosa palabra en boca de los hombres blancos...».

Quico se encaramó en el triciclo rojo e hizo con la boca: «Ferren-ferren-ferren» y pedaleó hacia atrás con gran agilidad y, luego, salió disparado pasillo adelante. Frente a la puerta de la cocina dio vuelta al manillar y así, con él del revés, desanduvo el camino andado. De nuevo en el cuarto, tomó el fuerte astillado, buscó un cordel, lo amarró al asiento, se subió al sillín y pedaleó briosamente por el pasillo. El fuerte, al trompicar en el suelo, hacía «boom, booombooom, booooom», mientras la rueda delantera, al girar sobre el eje reseco, hacía «güi-güiiii-güi» y Quico dijo para sí: «La música». Volvía la rubia cara sonriente para admirar los saltos del fuerte amarrado y los retumbos y voceó con fuerza:

—¡Juan, un camión con remolque!

Súbitamente descubrió la aspiradora tras las cortinas del vestíbulo y se apeó, tomó el tubo de goma y subió de nuevo al triciclo. En su habitación desató el fuerte y se dijo: «Ahora hay que echar gasolina»; se encaramó una vez más y con el tubo en la mano entró en el cuarto de baño rosa. Se apeó, forcejeó un rato tratando de meter el grifo por el tubo y, como no lo consiguiera, abrió el grifo y apretó el tubo contra la boca. Parte del agua salía despedida en abanico y le mojaba el jersey rojo y la cara y la cabeza, pero Quico no lo advertía porque sus ojos se concentraban en el otro extremo del tubo por donde escurría un hilillo de agua que caía sobre la parte trasera del triciclo:

—La gasolinera —se dijo Quico con una sonrisa radiante.

Dio otras tres vueltas al grifo hasta el tope, pero al irradiar el abanico con fuerza creciente, le hacía guiñar los ojos y reía al sentir las cosquillas del agua. De pronto, sin saber cómo ni por qué, apareció en el marco de la puerta la maligna cara de la Domi.

—Pero ¿puede saberse qué estás haciendo aquí tan callado?

Quico se apresuró, desmanotadamente, a cerrar el grifo y dijo:

—Sólo estoy echando gasolina al camión, Domi.

La Domi se llevó las manos a la cabeza:

—¡Huy, madre! Verás de que lo vea tu mamá. Ya verás si te da ella gasolina a ti —ladeó la cabeza para gritar—: ¡Señora!

Quico, con el flequillo adherido a la frente, palmeando una mano con otra, como para limpiarse, los ojos infinitamente tristes, esperaba impaciente, en medio del charco, la aparición de Mamá. Oyó la puerta de la cocina, luego sus pasos apresurados y la voz de la Domi cada vez más encendida:

—Venga, señora. No hay quien pueda con él. ¡Mire cómo se ha puesto! Y cómo lo ha puesto todo...

A Quico le iba entrando una extraña debilidad en las piernas, pero continuaba frotándose las manos, los ojos implorantes, inmóvil en medio del charco, mas, al ver los ojos de Mamá, comprendió que había pecado y se agachó y Mamá voceó: «¡Estoy aburrida de niños! ¡No puedo más!». Y mientras con el brazo izquierdo le sujetaba, con la mano derecha le palmeó el trasero hasta hacerse daño. Bajo su brazo, Quico miraba a Juan, que acababa de aparecer en la puerta y le hacía muecas, como si le apuntara con algo y, finalmente, dijo: «ta-ta-ta-tá». Al fin, Mamá le soltó y Quico corrió a refugiarse en el hueco que formaba la cama de Marcos con el armario y cuando llegó Merche del colegio y le vio allí, se acercó, le revolvió el pelo y le dijo:

—¿Qué dice este mico?

Él la miraba esquinadamente. Voceó de pronto:

—¡Mierda, cagao, culo!

—Vaya, el niño está enfadado —dijo su hermana displicentemente. Y le volvió la espalda.

—Mamá me ha pegado —dijo Quico, al fin.

Merche colocó la cartera de los libros sobre uno de los estantes. Luego se desprendió del abrigo y de la boina del uniforme y los arrojó sobre la cama de Marcos. Tenía unos ademanes de incipiente coquetería, vagamente estudiados. Juan se llegó hasta ella y le dijo, exagerando el gesto:

—¡Jobar, cómo le han calentado!

—¿Por repasarse? —preguntó ella.

—¡Qué va! —dijo Juan.

Quico abandonó el rincón. Dijo:

—No me he hecho pis en la cama, andaaa.

Merche sonreía, incrédula:

—Sí, es verdad —aclaró Juan—. No se ha hecho pis en la cama.

Del pasillo llegaba un leve, estimulante olor a cocina. Entró Marcos lanzando la cartera al alto y blocándola, al caer, como un guardameta.

—¡Marcos! —chilló Quico—. ¡Se ha muerto el gato de doña Paulina!

—¿Ah, sí?

—Sí, y la Loren le tiró a la basura y el demonio le llevó al infierno y lo vio Juan y luego vino una bruja...

—¿No ha venido Pablo? —preguntó Merche.

—No —respondió Marcos.

Merche salió al pasillo y se topó con Pablo que regresaba del colegio en ese instante y Merche le dijo abriendo un libro:

—Pablo, por favor, puedes explicarme esto. No entiendo una palabra.

Pablo tenía ya la voz grave de un hombre:

—¡Caray, hija! No le dejáis a uno ni entrar en casa.

Quico se desplazaba de uno a otro y cuando creyó encontrar un eco en Marcos, éste cogió el álbum de *La Conquista del Oeste* y le dijo a Juan:

—¿Tienes más cromos?

—¡Tres! —dijo Juan—. Mira, éstos.

Quico avanzó por el pasillo y entró en la cocina donde el transistor se desgañitaba. El retorno de sus hermanos siempre provocaba un relajamiento de la disciplina doméstica. Divisó a Cristina frente a la puerta de la despensa, levemente inquieta, levemente despatarrada y, al acercarse a ella, percibió el olor y la miró y lo vio y voceó, hasta hinchársele la vena de la frente:

—¡Mamá, Domi, Vito, venir! ¡Cris se ha hecho caca en las bragas!

La niña le observaba atónita, sus redondos ojos posados en el rostro de su hermano y cuando concluyó de gritar, murmuró:

—A-ta-tá.

—Sí, caca, caca, marrana —dijo Quico.

Acudió la Domi y Quico señaló a Cristina.

—¡Se ha hecho caca! —dijo.

—¡Bueno! —dijo la Domi hoscamente—. Y tú te haces pis, y eres un zángano y en cambio nadie te dice nada.

Quico levantaba el dedo índice y reconvenía a su hermana:

—Por qué no lo pides, ¿di?

—Vamos, calla tú la boca, que tienes por qué callar —dijo la Domi.

El niño salió corriendo hasta el cuarto de plancha, donde la Vítora se vestía y abrió poniéndose de puntillas y le dijo:

—Vito, Cris se ha hecho caca en las bragas.

La Vítora sujetaba el puño blanco con un automático.

—Ya ves qué marrana —dijo.

Pero el niño ya corría por el pasillo y, al llegar al extremo, intentó abrir el cuarto de baño rosa.

—¿Quién es? —dijo Mamá desde dentro.

Quico se dobló por la cintura para imprimir mayor énfasis a su voz:

—¡Mamá, Cris se ha hecho caca en las bragas!

La pregunta de Mamá le desconcertó:

—¿Suelta? —dijo dulcemente.

—¡No sé! —voceó.

—Bueno, díselo a Domi.

Quico permaneció unos instantes, inmóvil, a la puerta del aseo y, al cabo, se encaminó al despacho y Merche y Pablo hablaban de ángulos y de bisectrices y él dijo desde la puerta, disminuido por una vaga conciencia de que estorbaba:

—Cris se ha hecho caca en las bragas.

Dijo Merche:

—Bueno, anda, vete, acusica.

Dio media vuelta.

—¡Y cierra! —chilló Pablo.

Se puso de puntillas, agarró el picaporte y dio un portazo. Entonces oyó, por encima de la voz de Lola Beltrán que entonaba *Ay, Jalisco, no te rajes,* un agudo silbido, un silbido creciente que lo llenaba todo. Se detuvo y voceó:

—¡La olla!

Y al entrar en la cocina vio a la Vítora que la apartaba asiéndola con un trapo de cuadros y la olla, poco a poco, se amansaba e iba dejando de silbar. En un rincón, la Domi embutía a Cristina en unas bragas limpias. Sonó el timbre dos veces, una timbrada corta y otra larga. Dijo la Vítora:

—Tu papá; abre por la otra puerta. Y dile: «Buenos días, papá».

Pero Papá no le dio tiempo, le levantó por las axilas y le dijo:

—¿Qué dice el hombre?

Le besó. Traía la cara fría y la barba pinchaba. Al quitarse el abrigo, Quico le dijo:

—Cris se ha hecho caca en las bragas.

Papá fingió interesarse en el asunto:

—Ah, sí, ¿eh?

—Sí, y yo no me he hecho pis en la cama, ni me he repasado, y el Moro se ha muerto y está en la basura y los demonios le han llevado al infierno y tenían cuernos y...

—Bueno, bueno —dijo Papá al entrar en el salón—. Son tantas noticias juntas que no me das tiempo de digerirlas.

Se arrellanó en un sillón y montó una pierna sobre la otra y bailó reiteradamente la que colgaba. Entonces apareció Mamá con los párpados azules y los labios rojos y los dientes blanquísimos, y Papá miró a Mamá y Mamá a Papá y Papá dijo:

—¿Habrá un cacho visqui para un sediento?

Mamá abrió el bar y lo preparó todo en un periquete y se lo dejó a Papá en la mesita enana, y Papá le dijo suavemente:

—Un glace, esposa; ya, haz el favor completo.

Las 2

Papá entró en el cuarto de baño amarillo y entornó la puerta con el pie. Apenas había comenzado cuando sintió a Quico detrás que pugnaba por asomarse:

—¡Quita! —le dijo.

Pero el niño insistía en meter la cabeza y Papá culeaba de un lado a otro para impedirlo. Quico se agarraba a la trasera de sus pantalones y decía:

—¿Tienes pito, papá?

—Vamos, ¿quieres marchar de ahí? —voceó Papá.

Pero Quico porfiaba en su inspección y los movimientos de cintura de Papá eran cada vez más rápidos y dislocados a fin de impedir el acceso del pequeño y su voz, en un principio reservadamente autoritaria, era ahora dura y contundente como la de un general:

—¡Vamos, aparta! ¿No me oyes? ¡Lárgate!

Quico, ante el fracaso de sus propósitos, intentó asomarse por entre las piernas de Papá y entonces Papá las cerró de las rodillas a los muslos y quedó en una actitud ridícula como de querer bailar el charlestón sin bailarlo, mientras chillaba: «¡Marcha!, ¿no me has oído?» y, al cabo, volvió a culear sin separar las piernas, cada vez más frenéticamente, porque Quico, ante el nuevo obstáculo, trataba ahora de quebrantar su resistencia atacando por los flancos. Finalmente pudo abotonarse y se volvió y le dijo a Quico:

—Eso no se mira, ¿sabes?

Quico levantó sus ojos azules, empañados por la decepción.

—¿No tienes pito? —inquirió.

—Eso no les importa a los niños —dijo Papá.

—Mamá dice que tú no tienes pito —añadió Quico.

—¿Eh? ¿Qué es lo que dices?

Mamá atravesaba el pasillo llamando a comer. Papá levantó la voz:

—¿Qué tonterías le dices al niño de si yo tengo pito o no tengo pito?

Mamá se detuvo un momento. Dijo:

—Si cerraras la puerta del baño no te ocurrirían estas cosas.

Papá caminaba tras ella a lo largo del pasillo rezongando:

—Mira qué cosas se le va a ocurrir decirle al niño. Habráse visto disparate semejante.

Y Quico, que penetró en el comedor tras él, divisó la mesa puesta con el mantel azul bordado y los siete platos, y los siete vasos, y las siete cucharas, y los siete tenedores, y los siete cuchillos, y los siete pedazos de pan y palmoteó jubilosamente y dijo:

—La mesa de los enanitos.

—Anda, trae el cojín —le dijo Mamá.

Y Papá, al sentarse y desdoblar la servilleta sobre los muslos, aún murmuró, haciendo un gesto de asombro con los labios:

—No me cabe en la cabeza; no lo comprendo, la verdad.

Marcos, con el flequillo sobre el ojo izquierdo, se sentó a la mesa levantando la pierna, sin separar la silla, y entonces dijo lo del avión derribado, y Juan hizo «ta-ta-tá» y preguntó si iba a tirar una bomba atómica y Pablo afirmó que el fraile decía que las víctimas de la bomba atómica quedaban como si fueran de corcho y Marcos adujo que no, que como de esponja, y buscó la corroboración de Papá y Papá dijo que tenía entendido que más bien como de piedra pómez y, en éstas, Mamá, que servía a Quico canalones de la fuente que sostenía la Vítora, les dijo muy seriamente que si no podían cambiar de conversación y para cooperar a ello le comunicó a Papá que Dora Diosdado se casaba y Papá dijo: «¿Con ese pelagatos?» y Mamá que «por qué pelagatos» y Papá «no tiene oficio ni beneficio» y Mamá «se quieren y ya es bastante». Papá permaneció unos segundos como expectante y al cabo dijo:

—Ya sabes lo que decía mi pobre padre.

—¿Qué? —dijo Mamá.

—Mi pobre padre decía que las mujeres son como las gallinas, que les echas maíz y se van a picar a la mierda.

Los niños rieron y Mamá frunció la frente y se le vio muy bien lo azul de los párpados entre los limones y las hojas verdes, rizadas, de escarola, y las escamas plateadas, primorosamente pintadas una por una y Mamá se volvió a él y le dijo:

—¡Come!

—No me gusta —dijo Quico.

Mamá le arrebató violentamente el tenedor de la mano, cortó un pedacito de canalón y se lo metió en la boca. Quico mordisqueó sin ningún entusiasmo. Dijo Mamá:

—Este chico me tiene aburrida.

—¿Qué pasa? —preguntó Papá.

Y Marcos le dijo a Pablo:

—Tengo que hacer una composición sobre el Congo y la ONU.

Mamá dijo:

—¿No lo ves? No hay manera de hacerle comer.

Dijo Merche:

—¡Vaya fácil!

—Sí, fácil —dijo Marcos,

Papá le dijo a Mamá:

—Déjale, qué manía de forzarle, cuando sienta hambre ya lo pedirá.

Pablo aclaró:

—Lo del Congo es como papá y mamá; si nos peleamos nosotros, nos separan, pero si se pelean ellos, hay que dejarles.

Mamá se irritó con Papá:

—Y si no la siente, que se muera, ¿verdad? Es muy cómodo eso. Los hombres todo lo veis fácil—. Se volvió a Quico: —¡Vamos, traga de una vez!

Quico tragó estirando el cuello, como los pavos. Dijo mirando a Pablo:

—¿Se pegan Papá y Mamá?

Merche y Marcos rieron. De pronto se abrió un silencio. Quico recorrió una por una las caras inclinadas sobre los platos, indiferentes. Sonrió y exclamó súbitamente:

—¡Mierda!

Mamá cortó las risas de sus hermanos.

—Eso no se dice, ¿oyes? —dijo enfadada.

Quico consideró las risas retenidas de Merche y Marcos, sonriendo a su vez, mordiéndose el labio inferior y repitió con más fuerza, desafiante, implacable:

—¡ ¡Mierda! !

Mamá levantó la mano, pero no llegó a descargarla; se contuvo ante la nuca encogida de Quico y dijo:

—¿No me has oído? ¡Calla o te doy un coscorrón!

La Vítora, conforme pasaba de uno en uno la fuente con los filetes, le dirigía cálidas miradas de complicidad. Después, mientras Mamá le cortaba el filete en fragmentos minúsculos, Quico sacó del bolsillo del pantalón el tubo de dentífrico y comenzó a girar el tapón rojo con rapidez. Sonrió prolongadamente:

—Es la tele —dijo.

—Déjate de teles y come —replicó Mamá.

Entonces Pablo mentó a Guillermito Botín y dijo que las chicas se volvían locas por él y Merche dejó el tenedor en el plato de golpe, se llevó las dos manos al rostro y dijo:

—Qué horror, tan colocadito, me ataca.

—¡Atacan los indios! —dijo Juan. Puso una mano tras otra y enfiló el canto la mirada de su ojo derecho. Hizo: «ta-ta-tá».

Quico le imitó, llevándose el tubo hasta el borde del ojo e hizo también «ta-ta-tá», y Mamá le dijo «come» y él masticó, cambiando de sitio el pedacito de carne, cada vez más estrujado, cada vez más reseco, bajo la atenta y desesperada fiscalización de Mamá que, al cabo de unos segundos, le dijo:

—Anda, échalo, ya se le hizo la bola; las tragaderas de este niño son una calamidad.

Quico lo escupió. Era una bolita estoposa, de carne sin jugo, triturada, apisonada entre sus mandíbulas. Mamá le metió en la boca un nuevo pedazo de carne. Quico la miró. Desenroscó el tapón rojo:

—Es la tele, ¿verdad, mamá?

—Sí, es la tele; anda, come.

—No quieres que se me haga bola, ¿verdad, mamá?

—No, no quiero. Come.

—Si como, me hago grande y voy al cole como Juan, ¿verdad, mamá?

Mamá suspiró, pacientemente:

—No veo el día —dijo.

—Y cuando vaya al cole no se me hace la bola, ¿verdad, mamá?

—¿Verdad, mamá?; ¿verdad, mamá? —dijo Mamá irritada, sacudiéndole por un brazo—: ¡Come de una vez!

Quico le enfocó sus ojos implorantes con una vaga sombra de tristeza en su limpia mirada azul:

—¿Verdad, mamá, que no te gusta que diga «verdad, mamá»; verdad, mamá? —dijo.

Mamá tenía los ojos brillantes, como si fuera a llorar. Musitó: «Yo no sé qué va a ser de esta criatura». Depositó el pequeño tenedor en el plato de Quico y le dijo:

—Anda, come tú solo.

Quico cogió el tenedor con la mano izquierda.

—Con la otra mano —dijo Mamá, vigilante.

Papá sonrió:

—Le asfixias la personalidad —dijo.

Mamá estaba nerviosa:

—Sí, ¿verdad? ¿Por qué no vienes a dárselo tú?

Dijo Papá:

—¿Sabes lo que decía mi pobre padre sobre los zurdos?

—Ni lo sé, ni me importa —dijo Mamá.

Papá parecía no oír a Mamá y prosiguió:

—Mi pobre padre decía que el zurdo lo es porque tiene más corazón que el diestro, pero los diestros les corrigen porque no toleran que otros tengan más corazón que ellos, ya lo sabes.

—Muy interesante —dijo Mamá.

—El fraile dice —dijo Juan— que escribir con la izquierda es pecado.

Quico abrió mucho los ojos:

—¿Y me llevan los demonios al infierno con la bruja y el gato de doña Paulina?

Papá mondaba delicadamente una naranja auxiliándose del tenedor y del cuchillo, sin tocarla con un dedo. Dijo Marcos:

—¿Está en los infiernos el Moro o en la basura?

Quico se quedó pensativo. Dijo, tras una pausa:

—La Loren le tiró a la basura, pero Juan vio salir un demonio de los infiernos a por él, ¿verdad, Juan?

Entró la Domi en el comedor con la niña en brazos. La sostuvo un rato en alto:

—Di adiós a papá y a mamá, hija. Diles adiós.

Cris movió torpemente los deditos de la mano derecha. Dijo Quico:

—Hace con la mano como la Vito, ¿verdad, mamá?

Mamá le aplastó la cabeza contra el plato:

—Vamos, come y calla. ¡Dios mío, qué niño!

La Vito rió limpiamente. Dijo a media voz:

—¡Qué crío éste, con todo da!

La gafedad de sus manos se acentuaba ahora, con el azoramiento, al mudar los platos y cuando la Domi salió con la niña en brazos, Mamá dijo levantando levemente la voz:

—Domi, no le quite la fajita al acostarla. Está un poco suelta la niña.

Papá miró, de repente, con insistencia, como escrutándole, a Pablo:

—El domingo te imponen las insignias —dijo—. A las once en el estadio, no lo olvides. Va a ser un acto magnífico.

Pablo se sofocó todo y se encogió de hombros. Añadió Papá:

—¿Parece como que te contrariara?

Pablo tornó a levantar los hombros, resignado. Intervino Mamá:

—¿No se te ha ocurrido preguntarle si quiere hacerlo? ¿Si sus ideas coinciden con las tuyas? Pablo ha cumplido ya dieciséis años.

Pablo tenía el rostro arrebatado. Los ojos de Papá revelaban un creciente desconcierto.

—¿Ideas? —dijo—; sus ideas serán las mías, creo yo. Además, esto no es tanto cuestión de ideas como de intereses.

No quitaba la mirada de su primogénito, pero Pablo no despegaba los labios. Encareció Marcos extemporáneamente:

—Cuéntanos cosas de la guerra, papá.

—¿Ves? —dijo Papá—, éstos son otra cosa. ¿Y qué quieres que te diga de la guerra? Fue una

68

causa santa. —Miró profunda, inquisitivamente a Mamá y agregó—: ¿O no?

—Tú sabrás —respondió Mamá—. Esas cosas suelen ser lo que nosotros queramos que sean.

—La guerra —dijo Quico, y destapó el tubo de dentífrico—: Éste era un cañón. ¡Boooom!

Los ojos de Juan se habían hecho redondos:

—¿Tú ibas con los buenos? —apuntó.

—Naturalmente. ¿Es que yo soy malo acaso? Juan sonrió, como relamiéndose. Dijo:

—Yo quiero ir a la guerra.

—Tú no sabes —dijo Quico.

Papá sonrió:

—Eso es bien fácil —añadió—. En la guerra sólo existen dos preocupaciones: matar y que no te maten.

—Muy aleccionador —dijo Mamá, y se volvió a la Vítora—: Haga un zumo de dos naranjas para el niño.

Papá prosiguió, adoptando un gesto de hastío:

—Lo malo es la paz: el teléfono, la Bolsa, los líos laborales, las visitas, la responsabilidad del mando... —Su mirada, flotante, se concretó súbitamente, implacablemente, sobre Pablo—: ¿Tú, qué piensas de todo esto?

Pablo volvió a sofocarse y a levantar los hombros. Se inclinó aún más sobre el plato de postre.

Papá se sulfuró:

—¿Es que no tienes lengua? ¿Es que no sabes decir sí o no, esto me gusta o esto no me gusta?

Juan no colegía las desviaciones de Papá. Su cerebro seguía una línea recta. Demandó:

—¿Tú mataste muchos malos, papá?

Papá dijo a Mamá, señalando a Pablo con un movimiento de cabeza:

—Ya le has malmetido tú, ¿verdad?

Dijo Juan:

—Di.

—Muchos —dijo Papá, sin mirarle.

Agregó Mamá:

—De sobra sabes que yo no intervengo en esto. Pero se me ocurre que a lo mejor Pablo piensa que es más hermoso no prolongar por más tiempo el estado de guerra.

—¿Más de ciento? —inquirió Juan.

—Más —dijo Papá. Pero miraba a Mamá y agregó—: ¿No será eso lo que tú piensas?

—Quizá —dijo Mamá.

Quico rió y dijo «quizá» y miró a Juan y repitió: «quizá» y volvió a reír, pero el plato que arrojó Papá por encima de su cabeza planeaba ya hacia el salón y se quebró de pronto, estrepitosamente, en mil pedazos al chocar contra el suelo. El vozarrón de Papá prolongó el estruendo durante un rato:

—¡Coño, con la pava ésta! —voceó—. Esto no ocurriría si a tu padre le hubiéramos cerrado la boca a tiempo, en lugar de andar con tantas contemplaciones.

Las 3

Mamá se sentó en la butaca, frente a Papá, separados por la mesita enana con los *Paris-Match* y el cenicero verde, de Murano, a través del cual se veía el invierno. La Vítora barría con el escobón los fragmentos del plato roto y el siseo de las cerdas sobre la cera de la tarima producía un murmullo sedante. Uno a uno fueron entrando en el salón, con el abrigo puesto y la cartera en la mano, Merche, Pablo y Marcos. Los tres besaron, primero a Mamá —«adiós, hijo»— y, luego, a Papá —«que os vaya bien»— y Pablo, antes de salir de la habitación, se puso como firme y azorado: «Iré el domingo» y Papá respondió: «Conforme», pero sin mirarle y Pablo se marchó y en la habitación se hizo, nuevamente, el silencio. La Vítora ya había recogido los pedazos de loza y entraba ahora con la bandeja de plata y dos tacitas humeantes y, en medio el azucarero, de plata también, con dos serpientes enroscadas como asas. «La Selva», se dijo Quico casi sin voz. Observaba a la Vítora cómo se agachaba y depositaba la bandeja en la mesita enana y a Papá, luego, con los ojos perdidos, mirando algo que él no veía por encima de la cabeza de Mamá. Al concluir, la Vítora se acercó al sillón de Mamá, las manos, de dedos engarfiados, caídas sobre las caderas:

—Señora —dijo tímidamente—, ¿le traigo un poco de leche?

—No, gracias, Vítora —dijo Mamá.

Quico arrugó el ceño, miró a la Vítora, después a Mamá y, por último a Papá, que revolvía indiferente el azúcar con una minúscula cucharita de plata.

Denegó a algo con la cabeza y se aproximó a su madre:

—Mamá —dijo.

—¿Qué quieres?

—La Vito ha dicho leche —añadió con una vocecita apenas perceptible.

—En esta casa —respondió Mamá— son muchos los que dicen cosas inconvenientes. Luego nos extrañamos de que los niños hablen lo que no deben.

Quico se mordió el labio inferior y miró a Papá, sus ojos un poco extraviados por encima de la taza que se llevaba a los labios. Se llegó hasta él.

—Papá —dijo—. ¿Me pones un disco?

Papá dejó la tacita sobre el plato. Se pasó la lengua, muy vivaz, por los labios en un movimiento mecánico. Cerró los puños:

—¿Más discos? —dijo—. ¿Te parecen pocos discos todavía? Mira, Quico, en este mundo cada cual tiene su disco y si no lo toca revienta, ¿comprendes? Pero eso no es lo malo, hijo. Lo malo es cuando uno no tiene disco que tocar y se conforma con repetir como un papagayo el disco que estuvo oyendo toda su vida. Eso es lo malo, ¿comprendes? No tener personalidad. Tú eres Quico y yo soy yo, y si Quico quiere ser yo, Quico no es nada; un don nadie, un pobre diablo sin nombre y sin apellidos.

Quico abría mucho los ojos. Papá sacó una pitillera de oro, golpeó el pitillo tres veces contra la superficie de la mesita enana, lo encendió y recostó la nuca sobre el respaldo del sillón succionando golosamente. Al cabo, Quico miró a su madre. Mamá le dijo con rara suavidad:

—Quico, hijo mío, si en esta vida ves antes la paja en el ojo ajeno que la viga en el propio, serás un desgraciado. Lo primero que has de aprender en este mundo es a ser imparcial. Y lo segundo, a ser comprensivo. Hay hombres que creen representar la virtud y todo lo que se aparta de su juego de ideas supone un atentado contra unos principios sagrados. Lo de los demás es circunstancial y tornadizo; lo de ellos, intocable y permanente. Si te enrolas en su juego de ideas, ten-

drás personalidad, de otro modo serás un bota-
rate, ¿me comprendes?

Mamá bebió de su tacita lentamente y se le
movía mucho la nuez al tragar. Cuando depositó
la taza en la mesa enana le brillaban los ojos. Del
cuarto de plancha llegó un alarido de Juan y, seguidamente, el «ta-ta-tá» de su metralleta.
Mamá pulsó el timbre con el pie y a los pocos segundos entró la Domi y Mamá dijo mientras
prendía un cigarrillo con el encendedor de mesa:
«Dígale a Juan que no chille así, va a despertar a
la niña». Y cuando la Domi salió, Quico se acercó
a Papá:

—¿Estás enfadado? —preguntó.

Papá trató de reír, pero le salió de la boca un
ruido raro, como una gárgara. No obstante, ac-
cionaba mucho con las manos y dilataba las aletillas de la nariz, simulando naturalidad:

—¿Enfadado? —dijo—. ¿A santo de qué? Lo
que a mí me duele... —se interrumpió—: ¿Qué
edad tienes tú, Quico?

Quico abatió los dedos anular y meñique de
su mano derecha y dejó los otros tres enhiestos:

—Tres —respondió—. Pero voy a hacer cuatro.

Su rostro se hizo todo sonrisa. Añadió:

—¿Me regalarás un tanque el día de mi santo?

—Sí, claro, naturalmente, pero ahora escucha, Quico, esto es importante, aunque a tu edad
no acabes de entenderlo. Lo que a mí me moles-
ta es que siendo uno un hombre positivamente

74

honrado, alguien venga a poner en duda la honradez de sus ideas. Si yo soy honrado, mis ideas serán honradas, ¿no es así, Quico? Por el contrario, si yo soy un tipo torcido, mis ideas serán torcidas, ¿de acuerdo? —Quico asentía maquinalmente y le miraba sin pestañear con sus ojos azules, infinitamente tristes. Papá prosiguió—: Bueno, esto es así y no hay quien lo mueva, ¿verdad? Entonces tú estás en la verdad, pero llega un pazguato o una pazguata, que para el caso es lo mismo, y trata de desmontar tu verdad con cuatro vulgaridades que le han grabado a fuego cuando niño. Y ahí está lo grave; a ese pazguato o a esa pazguata difícilmente podrás convencerles de que no tienen ideas, de que lo único que tienen es aserrín dentro de la cabeza, ¿me has comprendido?

Quico sonrió:

—Sí —dijo—. ¿Me comprarás un tanque el día de mi santo?

—Claro que sí. Lo malo es si alguien piensa que al regalarte un tanque te estoy inculcando sentimientos belicosos. Hay personas que prefieren hacer de sus hijos unos entes afeminados antes que verles agarrados a una metralleta como hombres.

Mamá carraspeó:

—Quico —dijo—. A palabras necias, oídos sordos.

Papá se inclinó hacia adelante. Las aletillas de su nariz temblaban como un pájaro sin plumas; sin embargo, no miraba a Mamá, sino al niño:

—El día que te cases, Quico, lo único que has de mirar es que tu mujer no tenga la pretensión de que piensa.

—En el mundo —le dijo Mamá, y el cigarrillo se movía a compás de sus labios como si fuera un apéndice propio— hay personas absorbentes, que creen que sólo lo suyo merece respeto. Huye de ellas, Quico, como de la peste.

Quico asentía, mirando ora al uno ora a la otra. Papá estalló:

—La mujer en la cocina, Quico.

Dijo Mamá, aureolada de humo, levantando levemente la cabeza:

—Nunca creas que tú eres la verdad, hijo.

Dijo Papá cada vez más exasperado:

—La mejor de todas las mujeres que creen que piensan, debería estar ahorcada, ¿oyes, Quico?

Las manos de Mamá temblaban ahora como las aletillas de la nariz de Papá. Dijo Mamá:

—Quico, hijo, las bestias no deberían vivir en el asfalto.

Quico levantó los ojos, cada vez más redondos, para mirar a Papá que se incorporaba. Le vio tomar el abrigo y el sombrero del armario ropero y corrió hacia él. Se detuvo al verle abrir la puerta. Papá se agachó. Su rostro parecía demudado:

—Oye, Quico —dijo—, ve y di a tu madre que se vaya a freír puñetas. Hazme este favor, hijito.

Sonó el portazo como el estampido de un cañón. Al volverse, Quico divisó a Mamá que lloraba; se doblaba por la cintura y se estremecía en vivas convulsiones. Se acercó a ella y Mamá le cogió en brazos y le estrechó y Quico sintió la húmeda tibieza de sus lágrimas en la mejilla, la misma tibieza que sentía en las posaderas cada vez que se repasaba. Decía: «Hijos, hijos» y le apretaba firme contra su pecho. Quico le acariciaba mecánicamente y cuando vio a su madre más serena le dijo: «Mamá, ¿vas a freír puñetas?». Y Mamá se sonó ruidosamente, con un liviano pañuelito color de rosa y le dijo:

—No digas eso, hijo. Es un pecado.

Se levantó del sillón y en el espejo del vestíbulo se empolvó las mejillas y se arregló los ojos y los labios. Quico la miraba hacer, fascinado; luego, Mamá entró en la cocina y la Vítora, que fregaba los cacharros en la pila, le dijo con repentina decisión:

—Digo, señora, que si no la importa bajo yo o sube él. A despedirse, ¿sabe?

El transistor entonaba música de ayer y de hoy a un volumen destemplado. Mamá levantó el tono para acceder:

—Está bien, hija. Mejor que suba, ¿no? Andamos tan agobiados. Esa Seve yo no sé qué estará pensando.

A través de los cristales y de la rejilla del montacargas, Quico divisó a la Loren:

—¡Loren! —gritó—. ¡Loren! ¿Verdad que al Moro le han llevado los demonios al infierno?

La Loren se llevó las manos a la cabeza. Dijo a voces:

—¡Jesús, qué cosas se le ocurren a esta criatura! ¿Tan malo le hacías al Moro?

Chilló Quico:

—¡Juan le vio!

—¿Ah, sí, eh? Ya le voy a dar yo a Juan. El Moro se ha ido al cielo porque era bueno y mataba a los ratones, para que lo sepas.

—Ta-ta-tá —hizo Juan detrás de él.

Quico se volvió y sonrió:

—¿Matas a los ratones, Juan?

—Mato a los indios. ¡La conquista del Oeste! —dijo Juan.

Quico echó a correr por el pasillo, precediendo a su hermano y, de cuando en cuando, se volvía y decía: «ta-ta-tá» y Juan le perseguía haciendo, a su vez, «ta-ta-tá», y al entrar en la habitación Quico se detuvo en seco, mirando con aprensión la lámpara de amplias alas:

—¿Qué pasa? —inquirió su hermano.

—Es el Ángel de la Guarda, ¿verdad, Juan?

—No, es el demonio que...

—¡No! —voceó Quico—. ¡No es el demonio, Juan!

—Que no, tonto, ¿no ves que es el Ángel?

Quico sonrió, mordiéndose el labio inferior:

—¡Ah! —dijo.

Advirtió, de repente, el bulto del pantalón, introdujo la mano en el bolsillo y desparramó por el suelo las chapas de Coca-Cola y Kas y el botón negro. Recogió éste con dos dedos y le dijo a su hermano:

—Anda, Juan, mira lo que tengo.

—¡Bah!, un botón.

—No es un botón; es un disco.

—Sí, un disco.

—Claro que sí.

Juan se dirigió a la librería y empujó con una mano la corredera de los bajos. Hurgaba entre la infinidad de cachivaches y sus profundos ojos negros se iluminaron al topar con la escopeta de corcho sin gatillo ni protector. La aculató en el hombro, enfiló su mirada por el cañón, guiñando un ojo, e hizo, moviéndola de un lado a otro: «ta-ta-tá», «ta-ta-tá». Quico se acercó por detrás. Había vuelto a guardar el botón en el bolsillo y sus cejas se enarcaban en una muda interrogante:

—Juan —dijo.

—¿Qué?

—¿Qué es puñeta?

—¿Puñeta?

—Sí.

Juan adelantó mucho el labio inferior y metió la cabeza entre los hombros:

—No sé —confesó.

—Mamá dice que es un pecado.

Juan meditó unos segundos:

—Será el pito, a lo mejor —dijo al cabo.

—¿El pito? ¿Es pecado el pito, Juan?

—Sí, tocarle.

—¿Y si te escuece? A mí me escuece si me repaso.

—Eso no sé —dijo Juan. Y aculató, de nuevo, la escopeta, la volvió contra su hermano y le envió una ráfaga.

—¿Soy un indio? —preguntó Quico.

—No.

—¿No es la conquista del Oeste?

—No. Es la guerra de Papá.

Quico corrió a esconderse tras la butaca de plástico:

—Tú eras los malos —dijo Juan.

Se cruzaron unas docenas de disparos y finalmente Juan se impacientó:

—Te tienes que morir —dijo—. Yo tengo que matar más de cien malos, como papá. ¡Anda, muérete!

Quico se tendió en el suelo, inmóvil, el tubo de dentífrico en la mano derecha, los ojos entreabiertos observando a Juan. Juan se aproximó:

—No tienes sangre —dijo desalentado.

—¿Sangre?

—Sí, sangre.

—El Moro se ha muerto y no tenía sangre.

—Pero no era la guerra —dijo Juan.

De improviso se dirigió al primer cajón de la librería, tiró de él y sus ojos se posaron en la colección de frasquitos de tinta china. Repasó, rápidamente, uno por uno:

—No hay rojo —dijo.

Mas antes de acabar de decirlo ya se había incorporado, corrió al aseo y regresó con el tubo de mercurocromo:

—Túmbate —dijo con la mirada radiante.

Con el cuentagotas fue manchando de rojo la frente de Quico y las manos de Quico y las rodillas de Quico y, para concluir, vertió unas gotas sobre las baldosas y se alejó para contemplar su obra con perspectiva. Sonrió ampliamente:

—Ahora sí pareces un muerto de la guerra —reconoció. Pero Quico se cansaba y se incorporó y, al moverse, barrió las gotas frescas con el trasero. Se puso en pie de un brinco:

—Quiero pis —dijo.

—Anda, corre, no te repases —dijo Juan espantado.

Quico entró en el cuarto de baño rosa, forcejeó un rato, se levantó una pernera y orinó. Reía a la nada al hacerlo y canturreaba: «Están bonitas por fuera, están riquitas por dentro». Al concluir regresó junto a su hermano. Juan le gritó apuntándole con la escopeta:

—¡Alto! Voy a tener el gusto de meterte un plomo entre las dos cejas, amiguito.

Quico sonreía sin entenderle. Añadió Juan:

—Tú tienes que levantar las manos, Quico.

Quico levantó las manos.

—Ahora —prosiguió Juan— tú sacabas la pistola y me matabas a mí.

Quico hurgó desmanotadamente en el bolsillo y al fin extrajo el tubo dentífrico, lo inclinó hacia su hermano y dijo:

—¡Pum!

—No —dijo Juan—. Di antes: «Toma, canalla».

—Toma, canalla —dijo Quico.

—No —agregó Juan—, luego dices: «¡Pum!».

—¡Pum! —dijo Quico.

—No —dijo Juan—. Antes tienes que decir: «Toma, canalla».

—Toma, canalla —dijo Quico.

—¡No! —dijo Juan enfadado—. Di: «Toma canalla, ¡pum!».

—Toma, canalla, ¡pum! —repitió Quico.

Juan se desplomó aparatosamente sobre las baldosas con la escopeta en la mano.

—Ya está —sonrió Quico—. Te he matado.

Juan se encontraba a gusto allí, soltó la escopeta y cruzó las manos sobre el vientre. Dijo Quico:

—Ya está, Juan, levántate.

Pero Juan no se movía. Puso los ojos en blanco y musitó como una letanía:

—He fallecido en el día de ayer confortado con los Santos Sacramentos y la Bendición de...

—No, Juan —dijo Quico—. ¡Levántate!

Juan prosiguió:

—Mi padre, mi madre y mis hermanos participan tan sensible pérdida y ruegan una oración por el eterno descanso de mi alma.

—Levántate, Juan —repitió Quico.

Juan entreabrió los ojos, miró hacia la pantalla de amplias alas y dijo con voz de ultratumba:

—Y el demonio con el rabo tieso y los cuernos afilados...

—¡No, Juan, levántate! —voceó Quico.

Entonces se oyó el llanto de la niña. Juan se incorporó de un salto:

—¡Cris! —dijo—, se ha despertado.

Los dos juntos penetraron en el cuarto de la pequeña que hacía: «A-ta-ta» y Juan abrió la ventana y la niña sonreía con los mofletes arrebolados y Quico la destapó y tocó sus posaderas y salió desalado pasillo adelante, voceando:

—¡Domi, Cris se ha hecho pis en la cama!

Luego, se llegó al salón y antes de entrar ya dio el parte a grandes voces y Mamá estaba con la tía Cuqui que se echó a reír al verle y dijo: «Huy» y Mamá se excitó toda:

—¡Ave María! —dijo—. ¿Quién te ha puesto así?

Quico se detuvo en medio de la habitación:

—¿Cuál? —dijo.

—Cuál, cuál —dijo Mamá levantándose y tomándole por un brazo y zarandeándole—. Pero ¿es posible? El pantalón nuevo —le dio dos azotes—. ¡Vítora, Domi!

Vino la Vítora y al verle los manchones rojos en la frente y las manos y las rodillas y las posaderas se asustó:

—¡Jesús! —dijo—. Le han puesto como a un Santo Cristo.

Las 4

Después de lavarle la cara, las manos y las rodillas y mudarle el pantalón, Quico descansaba en el regazo de tía Cuqui, que era suave y confortable como un edredón de plumas, y, entre sus brazos, se sentía increíblemente pequeño y protegido:

—Eres muy bonito, chiquitín, pero que muy bonito. —Tía Cuqui hablaba bajo y como con música y sus besos no restallaban junto al oído, como los de la Vítora, hasta casi ensordecerle.

En el salón reinaba un orden pulcro y un silencio estimulante y, para no desentonar, o tal vez porque acababan de lavarle la cara, las manos y las rodillas, Quico charlaba en un tono de voz casi confidencial:

—Hoy no me hecho pis en la cama —dijo.

—Mi chiquitín es muy limpito, ¿verdad?

—Sí, y Cris se ha hecho caca en las bragas.

—¿También caca?

—Sí, es una marrana, no lo pide.

—Es pequeñita, ¿oyes? Cris es pequeñita y no sabe pedirlo. Tú vas a enseñarla a pedir caquita, ¿verdad, mi chiquitín?

—Sí.

Tía Cuqui sabía tenerle en brazos sin que él se impacientase, sin que notara en los muslos las costuras del pantalón, sin asfixiarle. La voz de tía Cuqui le amansaba, le arrullaba, predisponiéndole al sueño y a ser infinitamente bueno y por los siglos de los siglos. Entró Mamá con su habitual gesto de gravedad un poco acentuado:

—No lo quieras, tía —dijo—. Ha sido malo.

Ella lo estrechó instintivamente:

—Él no es malito; ha sido sin darse cuenta.

—Y no me he hecho pis en la cama —dijo Quico.

—Claro. El chiquitín no se ha hecho pis en la cama.

—Y Cris se ha hecho caca en las bragas.

—Ya ves —dijo tía Cuqui.

Quico acomodó la cabeza entre los frondosos, mollares pechos de tía Cuqui. Entornó los ojos:

—Se ha muerto el Moro —dijo de pronto.

—¿El Moro?

—El gato de Paulina, mujer —dijo Mamá, sentándose. Y añadió, después de encender un cigarrillo y lanzar una bocanada de humo—: Estoy horriblemente fatigada. Continúo en crisis parcial, ¿sabes? Esto del servicio se pone cada día más difícil.

—¿La asistenta? —dijo tía Cuqui.

—Hija, la asistenta y la Seve. Hace una semana que marchó al pueblo. Dice que su madre no anda bien. Vete a saber.

La voz de la tía Cuqui era como un hilito rojo, de tan fino y agudo:

—Yo no sé qué pasa —dijo riendo— que las madres de las criadas casi siempre están muriéndose, ¿no te has fijado?

—El Moro se ha muerto —terció Quico incorporándose.

Tía Cuqui le estrechó contra sí:

—¿De modo que se ha muerto el gatito? ¿Se ha muerto tu amiguito? ¡Pobre tesoro! ¡Pobre corazón tierno!

Mamá tejía una lana gris con ágiles movimientos de muñeca y, de cuando en cuando, las agujas metálicas, al entrechocar, hacían el mismo ruido que las tijeras de Fabián al cortarle el pelo. Sus ojos seguían el curso de la labor y, al concluir una vuelta, empujó maquinalmente los puntos contra la cabeza de la aguja y miró a tía Cuqui. Dijo:

—Le contemplas demasiado.

—¡Oh, no, no digas eso! Este niño necesita un cariño especial, Merche. No olvides que hasta hace un año era el rey de la casa. Es el príncipe destronado, ¿oyes? Ayer todo para él; hoy, nada. Es muy duro, mujer.

La voz de Mamá era suave pero implacable:

—Tonterías —dijo—. Yo he destronado ya cuatro príncipes sin tantos paños calientes y me ha ido muy bien.

—Has tenido suerte, eso es todo. Pero mira lo que dicen los psiquiatras.

—¿Qué?

—Los complejos y eso. Todo eso viene de cuando niños, ya ves. Una cosa a la que no le das importancia y, a lo mejor, de mayor, un complejo. Son cosas muy enrevesadas ésas, pero Pepa Cruz, ya lo oyes, antes una enfermedad que un complejo. Es muy serio, hija, eso de los complejos.

La voz de Mamá sonaba entreverada con el chasquido de las agujas:

—Tontunas —dijo. Y repitió—: Tontunas. Si te fueras a fiar de los psiquiatras no podrías dar un paso.

Tía Cuqui bajó la voz:

—Mira el chico de la Peláez, bien cerca le tienes.

Cesó el chasquido de las agujas:

—¿Qué?

—¿Qué? Pues que Luisa probándose delante de él hasta los quince años y que ahora se ha casado y que su mujer no le dice nada. Han pedido la anulación a Roma.

La voz de Mamá sonó un tanto alarmada:

—¿Es cierto eso?

—Mira.

Volvió a oírse el tintineo metálico de las agujas. En el regazo de Mamá había un cilindro de plástico con una cremallera donde encerraba la labor cuando terminaba. Al hablar tía Cuqui su pecho subía y bajaba, como si tuviera amortiguadores, y daba una resonancia especial que adormecía a Quico:

—Son muy chiquitines —dijo—. Pobrecitos, todo cuidado es poco. A mí me dan mucha lástima los niños chicos; sufren. Nosotras no lo vemos pero sufren. Hay que ir con mucho tiento. Mira este pobre. Hasta ayer dueño de la casa; hoy, nadie. Poco a poco. Las cosas hay que hacerlas poco a poco, sobre todo si andan por medio los complejos. Ponte en su lugar, Merche, ayer el benjamín, todos alrededor de él; hoy, nada, el quinto de seis hermanos; lo último.

La voz de Mamá sonaba ahora rutinaria y fría:

—Me parece que exageras, Cuqui.

Se abrió un silencio. Mamá y tía Cuqui hablaron, seguidamente, de los partos y, más tarde, pasaron revista a los ecos de sociedad. Por último se enzarzaron en animada conversación sobre cocina. Y se decían: «Tienes que darme la receta, mujer» o «¿y dices que queda bueno?», o «sale más económico de lo que parece, ya ves».

Y Quico escuchaba la resonancia de la voz de tía Cuqui en su pecho —el de tía Cuqui— y, cuando tía Cuqui le dijo a Mamá «fríes una cabeza de ajo en un dedo de aceite», el niño se incorporó:

—¿Es una cabeza de ajo una puñeta, tía Cuqui?

—¡Qué disparate! —dijo tía Cuqui y Mamá se encendió hasta la raíz del pelo. Quico prosiguió:

—Papá quiere que Mamá fría puñetas.

—¡Qué disparate! —repitió tía Cuqui.

Terció Mamá ofuscada:

—No le hagas caso, cosas de chicos.

—Papá lo dijo —agregó Quico tímidamente.

Mamá, tras una pequeña vacilación, recuperó su tradicional energía:

—Papá no dice esas cosas; no mientas —se volvió hacia la tía Cuqui—: Quisiera saber dónde aprende este chico esas palabrotas.

Quico la miraba con sus atónitos ojos azules, el rubio flequillo hasta las cejas, anonadado. En ese instante se oyó ruido de cristales y las voces de la Domi y la Vítora. Mamá salió como un relámpago y Quico forcejeó hasta que su tía le dejó libre, resbaló por sus faldas hasta el suelo y corrió tras de su madre por el pasillo. Al entrar en la cocina, Mamá golpeaba ya a Juan en el pestorejo y le decía una y otra vez: «Te he dicho más de veinte veces que en casa no se juega a la pelota, ¡sin propina!». El cristal más alto de la puerta del montacargas aparecía quebrado. Domi, en un rincón, le hacía «tortitas-tortitas» a Cris y cuando Mamá le dijo «y usted, ¿para qué está aquí?», la Domi respondió: «Pero ¿usted cree que me hacen caso, señora?» y la Vítora, que se apoyaba en la fregona, sonrió imperceptiblemente. Entonces, Mamá dijo que la cocina no era lugar para los niños y que al cuarto de jugar. Y cuando la Domi, con la niña en brazos y Juan y Quico detrás, se encaminaban hacia el cuarto de jugar, Mamá les oseaba, moviendo las dos manos y le dijo a la Domi que a ver si era capaz de entretenerlos al menos media hora y que si podía pasar media hora tranquila sin oír a los niños y sin que hicieran alguna se daría por satisfecha, porque estaba aburrida de niños y de seguir así terminaría en el manicomio. Y al decir esto, empujaba a Juan y a Quico, y Juan y Quico apresuraban el paso y cuando, finalmente, se vieron a solas en la habitación, Quico miró para la lámpara recelosamente y Juan se sentó en la butaca con gesto adusto, sosteniendo en las piernas *La Conquista del Oeste*. La Domi estaba irritada y le dijo a Quico:

—Anda, vete a orinar. Ahora sólo falta que te mees tú las bragas, marrano.

Quico abrió las piernas, se pasó las dos manos por los bajos del pantalón y le dijo:

—No, Domi, toca; ni gota.

—Anda.

Quico salió y volvió al poco rato.

—No me sale —dijo.

—Bueno, a ver si te va a salir cuando menos falta haga.

La Domi apretujó a Cris y le dijo: «¡Hija!» y, después, tomó su mano regordeta que tenía hoyos, donde los adultos tienen huesos, y la golpeó simbólicamente con ella la cabeza mientras decía: «Date-en-la-mochita date-date-date». Quico la observaba, mas, de inmediato, se cansó de aquel juego y se acercó a Juan y Juan dejó de leer y le dijo confidencialmente:

—Me voy a escapar de esta casa.

—¿Sí?

—Sí.

—¿Dónde, Juan?

—Donde no me peguen.

—¿Cuándo, Juan?

—Esta noche.

—¿Te vas a escapar esta noche de casa, Juan?

—Sí.

—¿Con otra mamá?

—Claro.

Quico se quedó sin habla. Añadió Juan acentuando el tono confidencial y señalando las camas de Pablo y Marcos:

—Haré cuerdas con las sábanas y las ataré y me marcharé por el balcón.

—¿Como los Reyes, Juan?

—Como los Reyes.

Quico pestañeó varias veces y, al cabo, dijo abriendo una amplia sonrisa:

—Yo quiero que los Reyes me traigan un tanque. ¿Tú, Juan?

—¡Bah! —dijo Juan.

La Domi se volvió a ellos:

—¿Qué estáis tramando ahí?

—Nada —respondió Juan.

Quico sacó del bolsillo el tubo de dentífrico y divagó un rato por la habitación arrastrándole por el suelo remedando el zumbido de un motor y haciendo «piii-piii», como un claxon, de cuando en cuando. Bajo la cama de Pablo vio brillar algo y se acercó. Era una punta. La cogió, miró a la Domi y la guardó en el bolsillo. Se puso en pie y guardó también el tubo de dentífrico. Finalmente se arrimó a Juan:

—Me aburro —dijo.

Juan leía *La Conquista del Oeste*. Quico divisó un cromo con mucho azul y agarró a la Domi de la bata negra y la obligó a mirar y dijo:

—Mira, Domi, San Sebas.

—Sí —dijo Domi.

—¿Te acuerdas de Mariloli?

—Y de Bea.

—¿También de Bea?

—A ver. Bea también es de Dios, ¿no?

—Yo quiero ir a San Sebas, Domi.

—Cuando haga calor. Ahora hace frío.

—En San Sebas hay vacas, ¿verdad, Domi?

—Claro.

Quico permaneció unos momentos meditabundo. Dijo:

—Domi, cántanos lo del niño que comía con las vacas, anda.

Juan cerró el álbum.

—Sí, Domi —dijo—, cántalo.

La Domi sostenía a la niña sobre la mesa-camilla y la niña gateaba y hacía «a-ta-ta» o se volvía y hurgaba a la Domi en la nariz, y en los ojos, y en las orejas.

—Calla, Cris —dijo Quico—. La Domi va a cantar.

—Siéntate en tu silla —dijo la Domi imperativamente.

Quico arrastró la butaquita de mimbre a los pies de la mujer y se sentó. Juan y Quico levantaban sus caritas expectantes. La Domi carraspeó; entonó al fin:

> —Prestad mucha atención
> al hecho criminal
> de un padre ingrato, degenerado,
> hombre sin corazón,
> sin ninguna piedad,
> que en Valdepeñas ha secuestrado
> a un hijo suyo
> este hombre infame
> en un establo y sin comer,

La Domi imprimía a la copla unas inflexiones, unos trémolos que subrayaban el patetismo de la letra. Quico le miraba el hueco negro en la fila de dientes de abajo, aquel vano oscuro que acentuaba la gustosa sensación de terror que le recorría la espalda como un escalofrío:

> cuando las vacas toman el pienso,
> alfalfa fresca come él también,
> pues los mendrugos no son constantes
> no suficientes para comer.

El padre que cuenta se da
y la madrastra por igual,
palos le daban al inocente,
su cuerpo es pura llaga por
este padre tan cruel
la bestia humana del siglo veinte.

La Domi los miró un instante y, por un momento, se ablandaron sus pupilas, aceradas e inmóviles como las de un halcón. Suavizó la voz para rematar:

Llorad, madres, llorad,
porque hijos tienes tú,
que es una pena ver la criatura
sin pan, agua, ni luz
cargar con esta cruz
medio enterrado entre la basura.

Quico y Juan escuchaban con la boca abierta. Tardaron unos segundos en reaccionar. Quico miró a Juan y sonrió. Juan dijo a la Domi:

—¿Ya está?

—Ya. Por una perra gorda no dan más.

Quico se agarraba al borde del asiento de su butaquita de mimbre y la arrastraba sin cesar de sonreír. Dijo:

—¡Qué bonito! ¿Verdad, Juan?

Él mismo asentía a sus palabras con la cabeza. Súbitamente se puso en pie, agarró a la Domi los bajos de la bata negra y exigió:

—Lo de Rosita Encarnada, Domi, anda.

El rostro de Juan irradió:

—Sí, Domi, lo del puñal de dos filos.

Cris dijo «a-ti-ta» y Quico dijo, feliz: «Ha dicho Rosita, Juan, ¿la has oído?». Y rió mientras volvía a sentarse y repitió: «Cris ha dicho Rosita». Miró a Domi: «Cris ya sabe hablar, ¿verdad, Domi?».

La Domi cortó:

—Bueno, ¿canto o no canto?

—Sí, Domi —dijeron los dos niños a coro.

La Domi se aclaró la voz que salió, no obstante, de sus labios un poco gangosa, un poco arrastrada, como la de los ciegos:

> Ya venimos de la guerra de África
> y todo esto lo trae la pasión.
> Ya venimos del África todos
> a encontrarnos con el viejo amor.

La Domi obscureció la voz. Siempre que hablaba el Soldado bajaba la voz tanto que parecía que cantaba dentro de una caja de muerto:

> Me juraste Rosita Encarnada
> que con otro hombre no te casarías,
> ahora vengo a casarme contigo
> y me encuentro que ya estás casada.

La Domi hizo un alto estudiado y miró a los dos pequeños, inmóviles, como hipnotizados. Su voz se aflautó, se hizo implorante y desgarrada, de pronto:

¡No me mates, por Dios, no me mates!
No me mates, tenme compasión;
ese beso que tú a mí me pides
ahora y siempre te lo he de dar yo.

Juan denegó con la cabeza. Sabía que el Soldado no la besaría. Siempre temía, sin embargo, que cediera y terminara besándola. Quico le miró con el rabillo del ojo y denegó también sin saber bien a qué. La voz de la Domi se tensó y, aunque brumosa, se hizo más vivaz y dramática:

Yo no quiero besos de tus labios,
lo que quiero es lograr mi intención,
y sacando un puñal de dos filos
en su pecho se lo atravesó.

Los rostros de los dos niños resplandecían. Dijo Juan arrugando la cara:

—Dos filos. ¡Dios, Domi, cuánta sangre echaría!

—Calcula —dijo la Domi—. Una mujer joven, bien criada y en sazón, pues ya ves, hijo, como un choto.

Quico miraba a la mujer, concentrado, obstinadamente.

—Un choto —dijo—. Cántanos otra vez lo del niño que comía con las vacas, anda, Domi.

—No —respondió la vieja—. Ya no canto más. Luego se me irritan las anginas y no me puedo dormir.

Quico se hallaba tan transportado, tan absorto, que no notó las ganas hasta que sintió el calor y la humedad, de forma que cuando echó a correr y levantó la tapa de la taza rosa ya se había repasado.

Las 5

Andaba huido entre las camas y los armarios y cada vez que la Domi le miraba cruzaba una pierna con la otra para ocultar la huella delatora. La Domi jugaba con Cristina y le mostraba los automóviles que desfilaban por la avenida, y le daba en la mochita y tan sólo, de rato en rato, preguntaba por pura fórmula:

—¿Qué haces, Quico?

—Nada —respondía Quico y evitaba andar despatarrado, aunque el pantalón le tiraba y le raspaba la cara interna de los muslos.

Juan leía de nuevo *La Conquista del Oeste* y la mayor preocupación de Quico, ahora, era detectar los ruidos que se producían más allá de la puerta. Sintió tres veces el teléfono blanco y por tres veces descansó pensando que Mamá respondería. Mas intuía que la hora de merendar estaba próxima e intuía que a Mamá le bastarían diez segundos para advertir que se había repasado. Permaneció en un rincón abanicándose con un libro y luego quieto, un rato, en la mesa-camilla, pero nada era suficiente para borrar aquella mancha de humedad, cada vez más enojosa y humillante. Y cuando la Domi le preguntaba: «¿Qué haces, Quico?», él se sobresaltaba y respondía: «Nada». Y una vez le dijo: «¿No tienes gana de orinar, Quico?». Y él respondió con un tono de voz tan opaco como el del novio de Rosita Encarnada: «No». Y la Domi porfió: «No vengas con el no y luego vaya a resultar que sí». «Que no, Domi», repitió Quico. «Bueno —añadió la Domi—, tú verás, pero como te repases, te corto el pito.» «Bueno», dijo Quico, oculto en el rincón que formaba la cama de Marcos con el armario.

Pero Mamá era tan fina de olfato como un sabueso y, tan pronto entró en la habitación con las meriendas —elogiando su comportamiento— y divisó a Quico arrinconado, dijo a media voz: «Qué mala espina me da», y añadió severamente:

—¡Quico!

—¿Qué?

—Ven.

—No.

—Que vengas.

—No.

—¿No me has oído?

—No.

—Mira que es rebelde este niño. ¡Ven aquí ahora mismo!

Quico se desplazó unos centímetros del rincón, dando saltitos para no abrir las piernas y apretando los labios, en una actitud como de desafío:

—Ya estoy —dijo.

—¡Aquí! —dijo autoritariamente Mamá.

Quico dio otro par de saltitos. Juan le miró y dijo:

—Eso es que se ha repasado, seguro.

—No —dijo la Domi—. No hace dos minutos que el niño salió al retrete, a orinar, ¿verdad, hijo?

—Pues me temo que sí —dijo Mamá enojada—. ¡Vamos, Quico, no lo digo más veces!

Mas como Quico ronceara fue Mamá la que se acercó a él, le palpó la entrepierna y le sacudió tres sonoros azotes, mientras decía: «¡Cochino, más que cochino, no ganamos para pantalones!». Luego dijo, por la fuerza de la costumbre, «sin propina» y, por último, le preguntó malhumorada a la Domi para qué estaba ella allí y la Domi respondió que «qué iba a hacerle ella, que como no le pusiera una pinza de la ropa» y, en éstas, Mamá se enfureció y dijo que bastaba con tener un poco de cuidado y que si la pagaba era para que respondiera no sólo de Cristina sino de los dos pequeños. Se enzarzaron en una viva discusión y Quico se deslizó furtivamente hasta el pasillo y, en una carrera llegó a la cocina. La Vítora fregaba con una esponja el sintasol rojo y le dijo al verle:

—¿Qué pasa, Quico?

—Nada.

Cruzó hasta el cuarto de plancha y se escondió tras la cortina de la cama-armario. La Vítora le seguía:

—Ven acá, Quico —dijo.

A Quico se le hinchó la vena de la frente:

—¡Mierda, cagao, culo! —voceó.

La Vítora se puso en jarras. Descorrió la cortina y se agachó:

—Vamos, a la Vito le sales ahora con ésas. ¿Qué te ha hecho la pobre Vito?

Quico no respondía. La Vítora añadió:

—Si no te quiere la Vito, ¿quién te va a querer? ¿No es buena la Vito? Vamos, habla.

Quico apretaba los labios sin responder. Prosiguió la Vítora:

—Te has repasado, ¿verdad? Cuándo vas a aprender a orinar como un hombre, ¿di?

—No sé —dijo, al fin, Quico, consternado.

La Vítora se secó con el trapo de secar los vasos. Sus manos hacían ángulo obtuso con los antebrazos. Abrió el armario rojo, cogió unos pantalones y se sentó en la silla baja.

—Ven acá —dijo.

Quico se acercó sumisamente. Ella le desabotonó los tirantes:

—Te ha calentado la mamá, ¿verdad?

—Sí.

—¿En el culo?

—Sí.

—¿Te vas a volver a repasar?

—No.

—A ver si es verdad.

Le sacó a la cocina. Le dijo:

—Aguarda aquí; la Vito se va a arreglar.

—¿Vas a salir de paseo, Vito?

—No. Va a subir el Femio.

—Ah.

La oía desvestirse al otro lado de la puerta y súbitamente exclamó:

—¡Vito!

—¿Qué?

—Me voy a cortar el pito.

La Vítora apareció en la cocina en combinación, los ojos dilatados de espanto.

—Ni se te ocurra —dijo.

—Sí —dijo Quico—. Con una cuchilla de papá.

—Mira —respondió la Vítora—, si haces eso, te mueres, de modo que ya lo sabes.

Tornó al cuarto de plancha, pero no cerró la puerta. De cuando en cuando se asomaba y veía al niño inmóvil, bajo el tubo de neón, de espaldas a ella. Entró Mamá y le alargó un bollo suizo con jamón dentro.

—Ten —dijo con el ceño fruncido. Volvió el rostro a la puerta entreabierta—: Vítora, cuide de que lo coma.

—Descuide —dijo la Vítora.

Mamá salió. Quico mordisqueó el bocadillo.

Cuando apareció la Vítora con los labios rojos y el borde de las pestañas azul, embutida en su traje de fiesta, Quico dijo:

—Qué bien hueles, Vito.

—Ya ves.

—¿Es para que te huela el Femio?

—A ver.

Y cuando la Vítora concluía de darle pacientemente el bocadillo, sonó una tímida llamada:

—Riim.

—Es él —dijo la Vito, excitada.

—¿Femio?

—Femio. Corre a abrir. —Se sacudió las migas de la falda.

Quico quedó extrañado ante el uniforme. Le miró de arriba abajo. El recluta se sentía acobardado:

—¿Vive aquí…? —comenzó.

—¡Pasa, Femio! —gritó la Vítora desde dentro.

Quico le seguía, observándole las botas, la gorra que portaba en la mano, el fuelle de la guerrera. Dijo al cabo:

—¿Vas a matar a Rosita Encarnada?

—Mírala —dijo Femio—. Ya es espabilada la chavala, ya.

La Vítora parecía enfadada:

—Es niño, cacho patoso —dijo—. Además, ¿qué sabe la criatura?, siéntate.

Femio se sentó en una de las sillas blancas; se justificó:

—Estos chavales de casa fina, ya se sabe; ni carne ni pescado.

Quico le miraba según hablaba y las palabras de Femio salían de su boca monótonamente, como empastadas. Atacó la Vítora:

—Oye, majo, ¿es que quieres que a los cuatro años la criatura tenga bigote?

El soldado levantó los hombros tres veces seguidas, como si fuese a caballo sin controlar la cabalgadura:

—Yo no digo nada —dijo—. A mí que me registren.

Quico continuaba examinándole maravillado. Le dolió que Femio no le prestase una atención más próxima y se plantó delante de él:

—Me voy a cortar el pito —dijo, abriendo las piernas.

Femio le señaló con el pulgar.

—¡Vaya un prójimo! Apunta clase el chavea —hizo un cómico visaje—: No creas —añadió—, a lo mejor no es mala solución.

—Con una cuchilla de papá —añadió Quico.

—¿Estás tonto? Y te mueres —dijo la Vítora, sofocada.

—Déjale —dijo Femio—. No quiere problemas.

La Vítora se puso en jarras:

—Si vienes a malmeter a la criatura —dijo—, ya te estás largando.

Femio adelantó las dos manos:

—Calma —dijo—, calma. Ante todo quiero que sepas que si yo me voy allá no es por voluntario. Y otra cosa: que si tú tienes hoy mala leche, yo la tengo peor.

La Vítora se dobló hacia él. Le hablaba a gritos:

—No enseñes esas cosas a la criatura, ¿oyes? ¡No hables así que no estás en la cantina!

Femio calló. La Vítora fue dejándose resbalar poco a poco hasta quedar sentada en la otra silla, muy rígida. Quico observaba al soldado con atención creciente. Dijo de pronto:

—¿No tienes puñal?

—No, majo.

—¿Y vas a África?

—¡Qué remedio!

—Y cuando vuelvas, ¿matarás a la Vito?

Femio se revolvió en la silla.

—¡Qué jodío chico! —dijo—. No piensa más que en matar, parece un general.

La Vítora seguía en silencio. Femio tarareó una canción tamborileando acompasadamente en un botón con los dedos y procuró un armisticio:

—¿Y es el más chico éste?

—El quinto es —dijo la Vítora.

—¡Mira, como yo!

Terció Quico:

—¿Soy como tú?

—A ver.

—Pero yo no tengo vestido.

—¿Vestido? ¿Qué vestido?

El niño acercó reverentemente un dedo hasta rozar el caqui.

—Más te vale —dijo el Femio. Volvió los ojos hacia la Vítora—: Parla como una persona mayor. Vaya pico que se gasta. ¿Y es el más chico?

—La niña está —dijo la Vítora.

—Seis —añadió el Femio y ladeó la cabeza—. No está mal.

—Y lo que venga —dijo la Vítora.

—¡Madre! Claro que mejor puede él con dos docenas que yo con uno.

—¿Y qué sabes tú?

Con el pulgar, Femio señaló la puerta de comunicación:

—¿El andoba? —dijo—. No se ahorca por cien millones, ya ves tú.

—Muchos millones son ésos.

Femio echó los brazos por alto:

—A ver —dijo—. Ahora, que tú estés aquí a gusto por siete reales, ése es otro cantar.

Quico no se movía, pero cuando Femio acabó de hablar dijo:

—¿Tampoco tienes pistola?

—Tampoco.

—A mí me va a traer una la tía Cuqui.

—Mira, pues ya tienes más que yo.

La Vítora parecía decepcionada. Apoyó un codo en la mesa y recostó la cabeza sobre la mano:

—Y el Abelardo, ¿qué?

—Se queda. Pero ya se las canté; tenía ganas de cantárselas.

—¿No la habréis liado?

—Tanto como eso, pero vamos. De que salimos de la Caja va y me dice: «Tú eres un desgraciado». Y lo que yo le dije: «Oye, oye, padre y madre tengo, cinco dedos en cada mano y lo otro, así que de eso nada». El gicho quitó hierro y va y me dice: «Yo... no iba por ahí. Tú todo te lo tomas por donde quema». Y lo que yo le dije: «Mira, Abelardo, antes de hablar, avisa la dirección para evitar equívocos». ¡Qué te parece!

Femio levantó la cabeza y curioseó la pieza. Luego se puso en pie. Iba afianzándose. Quico le consideraba en toda su estatura. Femio se desabotonó un bolso de la guerrera y sacó un «Celta». Al prenderlo, ladeó la cabeza y entrecerró los ojos. Dijo, tras una fumada profunda:

—Ya está curioso esto, ya.

Se recostaba en el fogón de sintasol rojo y apuntó con el cigarrillo para el termo:

—¿Y esto?

—Para fregar con agua caliente —dijo la Vítora.

Sonrió el Femio.

—Hay que ver —dijo—. A todo lujo.

Quico le tiró tímidamente del vuelo del pantalón:

—Femio —preguntó—, ¿vas a matar muchos malos?

—No, majo —se encorvó hacia el niño—. Yo no gasto.

—Mi papá mató cien.

—Tu papá apunta por lo fino.

De pronto, sin que nadie lo sospechara, la Vítora rompió a llorar, con los ojos aplastados contra el antebrazo.

El Femio se aproximó a ella.

—Tampoco te lo tomes así —dijo.

La Vítora hipaba, sollozaba, murmuraba palabras ininteligibles. El niño le abrazó las piernas.

—No llores, Vito —dijo.

Añadió el Femio:

—¿Puede saberse qué mala idea te ha dado? Allá, por no haber, ni mujeres, de modo que ya lo sabes.

La Vítora alzó la cara anegada en lágrimas:

—¿Y las negras? —preguntó.

El Femio hizo una mueca displicente:

—¿Son mujeres las negras?

A la Vítora se le cortó el llanto de repente.

—Mira —dijo—. Para lo que vosotros andáis buscando, sobran.

El Femio le pasó el brazo por la espalda y deslizó la mano por el escote:

—A mí me gusta lo blanco, ya lo sabes; cuanto más blanco, mejor.

La Vítora le apartó la mano.

—Vamos, quita —dijo. Sonrió entre las lágrimas—. No veo el momento —agregó— de verme otra vez contigo en el guateque del señor Macario, fíjate.

—¿Ahí? —dijo el Femio—. Ni amarrado, después de lo del domingo.

—¡Anda! ¿Y qué va a hacerle él?

—Ponerse en regla, que es lo que debe. ¿Tú crees que es plan aflojár ocho barbos para pasarse la tarde saltando por la ventana cada vez que asoma la poli?

—Vamos, no digas, que yo me meé de risa.

Quico se acercó a ella:

—¿Te has repasado, Vito? —dijo.

La Vítora se puso en pie de un salto:

—¡Quita esa mano, vamos!

El Femio lanzó la colilla al suelo:

—Mira si se gasta picardía el chaval.

La Vítora se ofuscó.

—No te pienses que lo hace con malicia —dijo.

Estaban de pie el uno junto al otro.

—Yo no creo nada —la sujetó por la cintura.

Quico tironeó de nuevo del vuelo de sus pantalones:

—¿Por qué no duermes aquí, Femio?

La Vítora se separó del soldado.

—No hay cama, majo.

—Sí —dijo Quico.

—¿Dónde, a ver?

El niño señaló el cuarto de plancha:

—Ahí, en la de Seve, contigo.

La Vítora se llevó las manos al rostro.

—¡Válgame Dios! —dijo—. ¿Quieres callar la boca?

—Como papá y mamá —dijo Quico.

El Femio reía, levemente acobardado:

—¿Sabes que aquí, para ser tan joven, no tiene malas ideas?

Le miraba al chico socarronamente, sacó otro Celta y lo encendió entornando los ojos y haciendo pantalla con las manos. Dijo Quico:

—¿Está lejos África, Femio?

—Lejos.

—¿Más que el estanque de los patos?

—Más.

—¿Más que la Feria?

—Más.

Quico meditó unos segundos:

—¿Y más que la Otra Casa de Papá?

—Más.

Quico agitó los dedos de la mano derecha:

—¡Jobar! —dijo.

La Vítora estaba todavía trastornada. Dijo:

—El crío este tiene cada cacho salida.

—No es tonto, no —el Femio se acercó a la Vítora—: Así que tan amigos.

Ella le miró tiernamente:

—A ver, qué remedio.

—¿Y no vuelves a llorar?

La Vítora denegó con la cabeza. Estaban frente a frente, sin obstáculos por medio y él se aproximó aún más, la enlazó por el talle y la besó en la boca. La mano de la Vítora se engarabitaba sobre la espalda del muchacho, junto al fuelle de la guerrera. Y, como no ofreciera resistencia, el Femio la volvió a besar ahincadamente, con los labios entreabiertos, ocultando los de la mucha-

110

cha entre los suyos, un poco atornillados. Quico les miraba, los ojos atónitos, y, como aquello se prolongara, empezó a golpear la pierna del Femio y a gritar:

—¡No la muerdas, tú!

Pero ni la Vítora ni el Femio le oían y él le golpeó de nuevo y de nuevo voceó:

—¡No la muerdas, tú!

Mas como el Femio no le hiciera caso, se puso de puntillas, abrió la puerta y salió corriendo por el pasillo, diciendo a voces:

—¡Mamá, Domi, Juan, venir! ¡Femio está mordiendo a la Vito!

Las 6

Al entrar Mamá, con la Domi detrás, el Femio estaba como cuadrado, los tacones juntos, las punteras de las botas separadas, pero agachaba la cabeza como si le interesaran mucho las vueltas que daba a la gorra entre sus fuertes manazas. La Vítora, a tres metros de él, se recostaba en el mármol de la mesa, con una sonrisa violenta entre los labios, a los que rodeaba un salpullido tan rojo como los labios mismos. Quico precedía a Mamá cogida de la mano, como conduciéndola, y al ver a la Vítora y al Femio cada uno por su lado, se desmoronó:

—Ya no —dijo.

Dijo Mamá:

—Me asusté. Pensé que regañaban.

La Vítora fingía naturalidad, pero cada gesto suyo, cada movimiento, era una autoacusación:

—Cosas del Quico —dijo riendo forzadamente.

La Domi, con la niña en brazos, le guiñó un ojo y reforzó:

—Este chico lo que no ve, lo inventa.

Mamá estaba como un espantapájaros, inmóvil, en el centro de la cocina.

—Perdonen —repitió.

La Vítora se adelantó de golpe:

—Bueno —dijo—, que no he hecho las presentaciones. Aquí, mi señora. Aquí, él.

Mamá tendió la mano al Femio:

—Mucho gusto —dijo.

—A la señora Domi, ya la conoces.

—¿Qué tal, señora Domi? —preguntó el Femio.

—Ya ves, hijo —dijo la Domi—. Aquí andamos.

El Femio continuaba girando la gorra cuando Mamá le dijo:

—¿Así que se va usted?

—Mañana, ya ve.

Mamá movió lentamente la cabeza.

—Antes de que lo piense estará de vuelta —dijo—. El tiempo se va volando. —Volvió a tenderle la mano—: Vaya, pues, mucho gusto y que tenga suerte.

Al llegar a la puerta se volvió, tomó a Quico de la mano y le sacó de la cocina. Le dijo en voz baja, pero enérgica:

—¡Vamos! Tú siempre metiendo la nariz en lo que no te importa. —Se dirigió a la Domi—: Lléveles al cuarto.

Por las tardes las pisadas de Mamá sonaban más que por las mañanas. La Vítora decía: «Lo que más me gusta de tu mamá es cómo pisa». Su taconeo era firme y rápido cuanto se dirigió al salón. Quico pareó su paso al de Juan y se encaminó al cuarto de jugar:

—¡Los soldados! —dijo alegremente cuando logró acompasar su paso al de su hermano.

La Domi cerró cuidadosamente la puerta después de pasar los niños e hizo sentar a Quico junto a ella. Afiló mucho los ojos para preguntarle:

—Di, hijo, ¿dónde le mordía el Femio?

—Aquí.

—¿En la boca?

—Sí.

—¡Huy, madre! ¿Y fuerte?

—Muy fuerte y más tiempo.

—¿Mucho tiempo?

—¡Muchísimo! —dijo Quico.

Juan se acercó a la mesa-camilla. Terció:

—¿Le hizo sangre?

—Vamos, calla tú la boca, ¿no ves que estoy hablando yo? —Se volvió a Quico—: Di, hijo, y ¿qué decía la Vito, qué decía?

Intervino Juan:

—¿Cómo va a hablar, Domi, si el Femio le mordía la boca?

—¡Te quieres callar!

Quico se echó al suelo y amontonó las chapas de Coca-Cola y de Kas y dijo:

—Yo vendía ruedas.

Dijo la Domi:

—Ven acá, majo.

Quico obedeció:

—¿Qué quieres?

Tenía una chapa en cada mano y se le veía impaciente. La Domi inquirió:

—Dime, hijo, dime: ¿qué dijo la Vito antes de be..., antes de morderla el Femio?

—Ya no me acuerdo —dijo Quico.

—¿No te acuerdas? ¿No habrían regañado?

—¡Qué va!

—Oye, majo, ¿y estaban en la cocina o en... en el cuarto cuanto la mordió?

—¡Ya no sé más cosas, Domi, déjame! —chilló, de pronto, Quico.

La Domi levantó la mano:

—Te metía un testarazo así —dijo—. Anda, que cuando quieres, buen pico te gastas.

Quico se agachó junto a las chapas. Repitió:

—Claro, si ya te he dicho todas las cosas, Domi.

La mirada de la Domi encerraba ahora un brillo maligno:

—¿No quieres orinar?

—No.

—Si te repasas otra vez te corto el pito, ya estás enterado.

Movió la pierna en que se sentaba la niña y dijo: «Arre, caballito, vamos a Belén, a ver a la Virgen y al niño también». Cris palmoteaba.

Quico colocaba una chapa sobre otra y cada vez que colocaba la séptima, la torre se le venia abajo. Empezó a desesperarse: «Ayyy», decía, pero sus manos eran cada vez más torpes e ineficaces. De pronto, bajo la butaca de plástico rameada, distinguió un lápiz. Abandonó las chapas, agarró el lapicero, se incorporó y revolvió en la librería de sus hermanos. No encontraba un papel y, entonces, tomó un libro del estante y arrancó, sin más, la primera hoja. Se tumbó en el suelo y empezó a pintar. Cada vez que trazaba un borratajo sus labios se entreabrían en una complacida sonrisa. Sonorizaba el garabato conforme nacía de su mano:

—Y aquí había un señor y aquí iba un tren con muchas ruedas, fafafafafafa-piiiiiiiii, y le pillaba y el señor iba a su casa y luego un coche que estaba estropeado y el otro señor...

Al concluir se puso rápidamente en pie. Se aproximó a Juan:

—Mira, Juan —sonreía.

Juan examinó el papel atentamente.

—No lo entiendo —dijo.

—¿No lo entiendes?

—No, ¿qué es esto?

—Un señor del tren.

—¿Y esto?

—El sol, y eso, otro señor del coche.

Observaba a su hermano esperando su adhesión entusiasta, pero Juan repitió una vez más: «No lo entiendo».

La Domi se levantó dos veces de la silla, entreabrió la puerta y escuchó. No se oía nada. Al cabo de diez minutos le dijo a Juan:

—Juanito, hijo, llégate a la cocina y mira a ver qué hacen la Vito y el Femio.

—Hijaaa —dijo Juan.

—Anda, majo.

Juan agarró el picaporte.

—Oye —le advirtió la Domi sobre la marcha—. Di que vas a beber agua, no te se ocurra decirles que te lo he dicho yo, ¿oyes?

—Bueno.

Mientras duró la ausencia de Juan, la Domi paseó a la niña de la mano por la habitación. Cris se detenía ante cada objeto que encontraba y decía inclinándose hacia él: «A-ta-ta». Y la Domi, por no agacharse, corroboraba: «Caca, caca. Eso no se toca, ¿verdad, hija?». Al reaparecer Juan, la Domi inquirió con avidez:

—¿Qué?

—Se ha ido.

—¿Quién se ha ido?

—¿Quién va a ser? El Femio.

—¿Se ha ido el muy sinvergüenza sin decirme una palabra? Eso no se lo perdono. Vamos, que irse así. Pues no me dijo veces: «Para mí, señora Domi, usted como una madre». ¡Ya ves qué madre! —Se inclinó hacia Juan—: Y la Vito, ¿qué hace, hijo?

—Llorar.

—A ver qué quieres que haga.

—Si yo no digo nada, Domi —aclaró Juan.

La Domi le entregó a Cristina.

—Mira un poco por la niña —dijo. Y salió después de dar la luz.

Juan reparó en la mesa haciendo ángulo con la butaca de plástico rameado, cogió las dos sillitas de mimbre y las colocó encima.

—Mira, Quico —dijo—. ¡La Cabaña!

—Sí —dijo Quico, enardecido.

Juan condujo a la niña debajo:

—Nosotros éramos los guardias y Cris estaba en la cárcel.

Quico colocó una silla grande, tumbada, a modo de puerta. Después se escurrió hacia el interior por entre los palos. Dijo:

—Por aquí entran otros malos, Juan.

—No —dijo Juan—. No le enseñes eso que se va a escapar.

Cris le sonreía desde su encierro y decía todo el tiempo: «A-ta-ta», «a-ta-ta».

Juan se arrodilló junto a la prisionera, en tanto Quico daba vueltas y más vueltas en torno a ella.

Tropezó con una silla:

—¡Ay! —dijo Cris.

—¿Ves? Ya la has pillado.

Se agachó Quico y divisó a la niña a través de la rejilla del asiento.

—¡Cris! —llamó—. Te veo.

—A-ta-ta.

—¿Estás presa, Cris?

—A-ta-ta.

La niña enredaba con un pájaro de baquelita que había encontrado en su prisión. Dijo Quico:

—Ese pájaro es mío. Me lo trajeron a mí los Reyes, ¿verdad, Juan?

Juan despojó de las faldas a la mesa-camilla y las depositó sobre la cabaña.

—Una casa con techo —dijo.

—Sí, ¡una casa con techo!

—No hay que mover la silla, si no se cae.

Cristina empezó a gatear entre la silla y la butaca. Chilló Quico enfáticamente:

—¡Que se escapa el ladrón!

—Ya no es un ladrón —dijo Juan.

Quico le miró desconcertado, se puso en cuclillas y se metió dentro. Se sentó junto a Cris y se acodó en la silla tumbada:

—Mira, Cris, la ventana.

—A-ta-ta.

—Yo era un papá y tú una mamá.

—A-ta-ta.

—Están bonitas por fuera, están riquitas por dentro —canturreó Quico sacando la cabeza por entre los palitroques—. ¡Mira, Juan, que me escapo!

Juan se había sentado en la butaca de plástico y sostenía el álbum de *La Conquista del Oeste* sobre los muslos.

—Yo ya no juego —dijo sin levantar los ojos.

Quico retiró la silla y salió. Tendió una mano a Cristina. Una vez la niña a su lado le dijo:

—Cuando quieras pis lo pides, ¿eh?

Cris le miró sin comprenderle.

—Si te repasas te pego. —Se agachó y le tocó las bragas. Añadió—: ¡Huy, qué guapa es la niña! Juan, Cris no está hecha pis.

—Bueno, quita.

Quico tendió la vista en derredor suyo y como no hallara nada de interés se acercó a la puerta y salió. Cristina correteaba torpemente tras él. El montante de la puerta del office quebraba, al fondo, la oscuridad del pasillo. La casa estaba en silencio y apenas llegaba hasta ellos el murmullo de la conversación de la Domi con la Vítora a través del tabique. Dijo Quico, ahuecando la voz:

—Cris, el Coco.

—A-ta-ta —hizo la niña, atemorizada.

Quico dio la luz del cuarto de baño rosa y abrió las puertas del armarito barnizado.

—Te voy a afeitar —dijo—. ¿Quieres que te afeite, Cris? —se arrodilló.

Buscó entre los trastos allí guardados. Su rostro resplandecía de felicidad. Tomó el tubo de dentífrico:

—Otro cañón —dijo como para sí—. Está cargado.

Había allí unas tijeras con las puntas arqueadas, un curlas, tres barras de labios, dos polveras, un desinfectante de la boca, un rollo de algodón, la botella de alcohol, seis cepillos de dientes —blanco, transparente, amarillo, azul, rojo y caramelo—, un cartón de horquillas, una jeringa,

120

un cuentagotas, una caja de microsupos sedantes, una lima de uñas, un frasco de gotas para la nariz, un pulverizador, dos peras de goma, un jabón, dos rollos de vendas, una docena de rulos de plástico blando para el pelo, un cepillo de uñas, otro de cabeza, un espejo redondo; tubos de maquillaje, endurecedor de uñas, crema limpiadora y crema nutritiva; frascos de colonia, mercurocromo y sales de fruta; rímel, dos peines —negro y blanco—, laca, tres lápices —negro, verde y azul— para los ojos, un termómetro en su estuche metálico, una cajita plateada de chinchetas y un tubo azul claro de pomada antihemorroidal.

A Quico se le hizo la boca agua:

—Cuántas cosas, ¿eh, Cris?

La niña se situó junto a él. Cogió un rulo de plástico y lo arrojó al retrete.

—A-ta-ta —dijo.

Quico rió. Se sentía feliz en aquel paraíso.

—No, Cris —le reprendió—. Eso es para hacer caca.

—Ca-ca —dijo Cris.

—¿Quieres caca? —dijo Quico, distraídamente.

Abrió el estuche del termómetro.

—Ven que te lo pongo —dijo.

Sentó a Cris en el suelo y le sujetó el termómetro en la ingle. Inmediatamente se lo quitó y lo miró al trasluz.

—Estás mala —dijo.

—A-ta-ta.

—¿Te pongo un supositorio?

Se sentó en la banquetita blanca, bajó las bragas a su hermana y cogió un microsupo sedante. Se lo introdujo en el trasero, pero el supositorio volvía a asomar como si estuviese vivo. Quico decía:

—No, Cris, no lo cagues.

A horcajadas sobre las piernas de Quico, Cris agitaba la caja de chinchetas. Finalmente admitió el supositorio:

—Así, la nena es buena —dijo Quico, subiéndole las bragas.

Volvió a encuclillarse frente al armario mágico y apenas oyó rodar la caja plateada de chinchetas por el inodoro. Denegó con la cabeza:

—Lo de afeitarse no está —dijo.

Cristina decía «no, no» con la cabeza y él añadió:

—Lo tiene papá guardado, ¿verdad?

La niña observaba seriamente cada uno de sus movimientos. Quico tomó los lápices de los ojos y dijo:

—¿Te pinto como a mamá?

La niña no decía ni sí ni no.

—Cierra los ojos.

Cristina los cerró y Quico trazó varios garabatos sobre sus párpados, con pulso tan inestable que los rayones se le extendían por las sienes y el caballete de la nariz.

—Ahora la boca —dijo.

Cogió una barra y le echó el aliento y la aplicó insistentemente a los labios húmedos y gordezuelos de la niña. Cristina sacaba la lengua y la chupaba. Quico reía con toda su alma:

—No, Cris, si no es de comer.

Los berretes rojos le alcanzaban hasta las orejas y Quico dijo, después de mirarla:

—Pareces un indio de la tele.

Súbitamente sonaron los tacones de Mamá, allá lejos, en el entarimado, y Quico se asustó, quiso guardar todo al mismo tiempo, pero su antebrazo topó contra el armario. Mamá decía: «Domi, Domi, ¿cómo están tan callados los niños?». La Domi salió a su encuentro, desde la cocina, y decía: «Ahí están, señora, tan entretenidos». Y Mamá: «Hay luz en el baño, Domi». Y Domi: «No sé», pero los pasos avanzaban inexorables por el pasillo y Quico tomó de la mano a Cristina y dijo en voz alta:

—Eso no se hace, Cris; mamá da azotes a la nena.

Y Cris, con la cara tiznada, le miraba indiferente. Añadió Quico, agachándose, al oído de la niña:

—A ti no te pegan, Cris.

Pero antes de concluir, Mamá ya estaba chillando horrorizada y Quico decía con ojos de inocencia:

—Se escapó.

Y Mamá aupó a la niña y se encaró con la Domi y le decía: «Dígame, ¿con qué confianza voy a dejarle los niños?». Juan apareció en la puerta del cuarto de jugar.

—¡Ahí va! —dijo—. Parece un piel roja.

Y dijo la Domi:

—Pues ya ve, en un momento que he ido a la cocina.

Mamá perdió la cabeza y le dijo que qué pintaba ella en la cocina y que parecía que lo hacía aposta y que un día los niños se iban a envenenar y que con qué confianza iba ella a dejarle a los niños y que qué pintaba en la cocina y que parecía que lo hacía aposta, hasta que, al fin, la Domi se cansó y dijo:

—Mire, señora, pues si no está contenta, ya sabe.

Mamá se encaró con ella.

—Pues, no, Domi —dijo—. No estoy contenta. Así que decida.

Mamá, con Cris en brazos, taconeó pasillo adelante y Quico corría tras ellas y le decía a Mamá:

—¿No le pegas a Cris?

Mamá le respondió en el mismo tono con que hablaba a la Domi minutos antes:

—No, es chiquitina. Ella no tiene la culpa. De pegar a alguien, tendría que pegar a otras que tienen la culpa. Ella es chiquitina y no sabe lo que hace.

Las 7

La Domi tenía los ojos enramados, un pañue-lito blanco en la mano y parecía mucho más vieja. La Vítora conectó el transistor para matar el silencio. Sus ojos estaban también hinchados y se desenvolvía en la cocina con apática desgana. Dijo la Domi:

—Encima lo del Femio. ¿Crees que yo merezco que se porte así conmigo, él que decía «para mí, usted como una madre, señora Domi». ¡Ya ves qué madre! ¡Y que no es para un día ni para dos!

La Vítora se cuadró ante ella:

—Ya está bien, señora Domi, ¿no? No me dé más la murga. Si no me lo ha dicho usted veinte veces, no me lo ha dicho ninguna. Y ¿qué quiere que yo le haga?

—No te pongas así; tampoco es para que te pongas así, creo yo.

Una voz grave, henchida, dijo por el transistor: «La niña abandonada es ya una mujercita, María Piedad, y una mañana de crudo invierno llega a pedir colocación en casa de la señora Marquesa».

Añadió la Vítora, moviendo la cabeza hacia el aparato:

—Ya verá cómo va a resultar que es su hija.

Quico trajinaba sobre los baldosines y cuando volvió el silencio, de forma que sólo se sentía la voz meliflua, levemente nasal, de María Piedad, se incorporó y le dijo a la Domi:

—No te marches, Domi; yo no quiero que te marches.

La Domi le apartó bruscamente:

—Tú tienes la culpa. Si me marcho es por ti, de manera que ya lo sabes.

—No, Domi.

—No, Domi; no, Domi, ¿y quién ha pintado a la Cris?

—Ella.

—Ella, ella; ¿te crees tú que la Domi se chupa el dedo?

—Yo no me chupo el dedo, Domi.

—Bueno —dijo la vieja—. No contestes encima.

Los ojos de Quico se entristecieron:

—Domi —dijo—, eso no es contestar, eso es hablar.

El transistor decía: «La señora Marquesa llegó a considerar a la joven María Piedad como una pieza insustituible en palacio. Una tarde de primavera le dijo: "María Piedad, eres hermosa y discreta…"».

Quico salió de la cocina cariacontecido y cuando cerró la puerta, la señora Marquesa cerró la boca. El cuarto, a mano derecha, permanecía en tinieblas y él dobló a la izquierda y penetró en el salón.

Mamá tejía un ovillo gris bajo la lámpara y tras ella, tendida en la alfombra verde claro, jugaba Cristina con el gigantesco encendedor de plata.

Juan se sentaba —*La Conquista del Oeste* entre sus manos— frente a Mamá, que parecía muy agitada, pero era como si su nerviosismo escapase por las puntas de las agujas cada vez que entrechocaban. Quico se aproximó a ella. Dijo Mamá sin mirarle:

—No pongas las manos ahí.

Quico retiró las manos de los brazos del sillón y quedó con ellas en el aire, sin osar moverse, temeroso de provocar un nuevo conflicto. Dijo en voz baja:

—Mamá, yo no quiero que se marche Domi.

—Que lo diga —dijo Mamá.

Quico aguardó un rato antes de hablar:

—Si se va Domi —dijo—. ¿Ya no vuelve nunca, nunca?

—Otra vendrá —dijo Mamá.

—Yo no quiero que venga otra.

Se sentó en el borde del sillón y sacó del bolsillo la punta y el tubo de dentífrico. Tomó aquélla entre dos dedos, sujetándola por los extremos y la hizo girar.

—¿Qué tienes ahí? —preguntó Mamá.

—Un clavo —se lo alargó—; toma, para que no se pinche Cris.

Pero Mamá contaba los puntos y murmuró: «Un momento» y mientras Mamá producía un bisbiseo como el de las viejas al rezar, Quico sintió las ganas y cruzó las piernas y se sofocó todo y cuando Mamá le dijo: «Trae», él respondió: «¿Cuál?» y Mamá levantó los ojos y dijo: «La punta, ¿dónde la has puesto?». Y entonces le vio congestionado y levantó la voz: «¿Dónde has puesto la punta? ¿Te la has tragado?». Quico asintió, sin valor para contradecirla. Mamá se levantó y le cogió la cabeza con las dos manos:

—Vamos, habla, ¿te has tragado la punta?

—Sí —dijo Quico tímidamente.

—Levanta, ¡anda, levanta! —chilló Mamá y Juan dejó el álbum sobre la mesita enana y miró envidiosamente para su hermano, mientras Mamá buscaba por la mesa, y por el sillón, y por el suelo y decía: «Dios mío, Dios mío, qué chico! Es de la piel de Barrabás». Y levantaba la alfombra y le dijo a Juan: «Ayúdame», y los dos se pusieron a revolver todo. «No está, no está en ninguna parte —dijo Mamá—, ¿será posible?» Le incorporó y le cogió por la cintura agachándose:

—¿Te la has tragado, verdad que sí?

Quico asintió. Añadió Mamá toda alborotada:

—¡Dios santo, qué disgusto! —Volvía a mirar

bajo el sillón, en la mesita enana—: Si hace un momento la tenía en la mano; el niño la tenía en la mano y me la quiso dar.

Mamá estaba a punto de llorar. Quico marchó a la cocina y al empinarse y abrir la puerta oyó la voz sollozante de la señora Marquesa:

—¡Hija, hija mía!

La Vítora se sonó:

—¿Qué le dije?

La Domi se llevó el pañuelo a los ojos. Quico se plantó en el centro de la cocina y dijo:

—¡Me he tragado una punta!

Mamá entró tras él, descompuesta, de forma que todo lo que no era de ella —el rímel, el colorete, el rojo de los labios, la laca rosada de las uñas— resaltaba sobre su palidez de cera. La Domi dio un brinco, agarró a Quico de un brazo y le zarandeó:

—Esto es más malo que un dolor. ¿Es cierto eso, señora?

Mamá apenas tenía voz:

—Déjele —dijo—. Yo he tenido la culpa.

—¡Virgen! —dijo la Vítora.

Pero Mamá iba de un sitio a otro, desconcertada, se puso un zapato y corrió al teléfono. Colgó antes de hablar. Juan la seguía. La Vítora, inclinada sobre Quico, le decía:

—¿Te pincha?

—Sí.

—¿Dónde te pincha, hijo?

—Aquí. —Quico se señalaba la boca.

Mamá dejó el teléfono. Le puso cuidadosamente la mano en el estómago.

—¿Aquí o aquí? —preguntó desfondada.

Quico apuntó el estómago, sobre la mano de Mamá:

—Aquí —dijo.

—Dios mío, Dios mío —dijo Mamá. Volvió a agarrar el auricular. Le dijo a la Domi—: Tráigame los zapatos bajos.

Y, luego, «sí... sí... ya... una punta... ahora mismo... Quico... grande más bien... no, roñosa, no... un descuido... ya... sí, sí... dice que le pincha... estoy aterrada, Emilio... no, no, él no sabe nada... ¿ahora?... dos minutos... Gracias, Emilio... sí, sí... ya... ahora mismo... bueno... bueno... gracias, Emilio». Colgó el auricular. Quico la miraba con una sonrisa radiante. Juan le miraba a él y Quico se le encaró y le dijo:

—Me he tragado una punta, Juan.

—Ya —dijo Juan.

Y Mamá corría desatinadamente y decía: «El abrigo de piel». Y más tarde: «Vítora, llama al señor, que me mande el coche». Y más tarde: «Lávale al niño las manos y las rodillas». Y más tarde: «¿Te pincha mucho, hijo?». E iba de su dormitorio al cuarto de baño, del cuarto de baño a la cocina, de la cocina al dormitorio, del dormitorio al teléfono. La Vítora dijo:

—Trae el coche Uvescenlao, señora; el señor no puede venir, tiene una junta.

La Domi portaba a Cristina en brazos después de lavarle las manos y las rodillas a Quico y de ponerle el abrigo a cuadros y la caperuza roja. El transistor, en la cocina, decía: «Madre ¿y pensar que hemos vivido dos años una junto a la otra sin conocernos?». Pero no encontraba eco. Las manos de la Vítora tenían los dedos agarrotados, corvos como garras. Le dijo Quico, sonriendo:

—Anda, Vito, me he tragado una punta.

Ella se pasó el revés de la mano por la nariz enrojecida. Dijo:

—Dios quiera que no tengamos algo que lamentar. —Volvió la cabeza hacia el dormitorio—: ¿Le voy bajando, señora?

—Sí.

El «sí» de Mamá era algo patético, casi inaudible. Ya en la puerta de la calle, Quico se entretuvo viendo el desfile de motocicletas y automóviles. Cada vez que se detenían le decía a la Vítora:

—Está rojo, ¿verdad, Vito?

—Sí, majo; está rojo.

La gente marchaba con las solapas subidas, las manos en los bolsillos, a paso rápido. Pasó una mujer con un niño como de cinco años que berreaba. La mujer se detuvo junto a la puerta:

—Mira, Angelín —le dijo—, mira qué niña más mala.

La Vítora se sulfuró:

—¡Es niño, para que lo sepa!

La mujer se alejó murmurando y la Vítora dijo de pronto:

—Ve, ahí está el Uvenceslao.

Condujo al niño hasta el automóvil. Mamá llegaba en ese momento.

—Al médico —dijo—. De prisa.

Cerró la portezuela.

—Me he tragado una punta —dijo Quico.

Uvenceslao volvió ligeramente la cabeza:

—¿Que te has tragado una punta?

Mamá se impacientó:

—¿Por qué se detiene?

—Está rojo, señora.

En la esquina estaba la castañera y, en la otra esquina, Julianillo, en su quiosco forrado de revistas y de tebeos, donde Quico compraba sus juguetes de plástico cada domingo y, más allá, el Cacharro, en su carrito, pordioseando y, ya en la calle Mayor, la gente se apiñaba ante las taquillas del Teatro Quevedo, donde un gigantesco cartelón decía: «LA VERBENA DE LA PALOMA». Toda la gente parecía que fumaba y el coche tan pronto se llenaba de luz como se apagaba.

El médico les esperaba ya con la bata puesta. Mamá se echó a llorar:

—Estoy aterrada, Emilio —dijo—. Toda la culpa es mía.

El médico tomó a Mamá delicadamente por el brazo:

—Ten serenidad, bobita —dijo—. No será nada. Pasa.

—¿Tú crees?

—Ahora veremos.

Se encerraron los tres en un minúsculo cuarto, con una lucecita roja en un rincón y un gran aparato de hierro y cristal, en el centro. Quico dijo:

—Me he tragado una punta.

—¿Estás seguro? —dijo el médico.

—Sí.

Mamá intervino:

—Es seguro, Emilio; la tenía en la mano cuando miré y, al segundo, cuando le volví a mirar, ya no la tenía y estaba rojo como la grana. He revuelto la habitación de arriba abajo y allí no había punta ni Dios que lo fundó.

—Calma —dijo el médico—. Tranquilízate. ¿Te importa que fume?

—¡Oh, no, por Dios! —Mamá revolvió en la cartera. Sacó un cigarrillo y se inclinó hacia el médico—: Dame lumbre a mí también, ¿quieres?

El médico aproximó el mechero:

—¡Oh, perdona! —dijo—. En seguida le veo. En unos minutos me acomodo.

Quico reparó en el fantasma blanco bajo la luz roja, alzó los ojos y todo lo vio bajo un resplandor espectral. Inquirió:

—¿Es el infierno?

Agarró la mano de Mamá, de pie a su lado.

—No, hijo.

—¿No estarán los demonios detrás de eso? —apuntó al extraño artefacto de hierro y cristal.

133

—Aquí no hay demonios —respondió Mamá.

El Fantasma observaba al niño atentamente. Dio una chupada al cigarrillo y, conforme expulsaba el humo, dijo:

—Este niño es imaginativo, ¿verdad?

Mamá río en corto, indecisa:

—No sé... —dijo—. No sé qué decirte. Yo creo que, más o menos, como todos.

El Fantasma blanquirrojo se agitó un momento:

—Como todos, no —dijo—. Piensa demasiado y habla demasiado claro para su edad, ¿qué tiempo tiene?

—Tres años —dijo Mamá—. En abril hará cuatro.

—Ya ves —dijo el Fantasma.

Quico oprimía la mano de Mamá que pateaba el suelo rítmicamente.

El Fantasma fumó de nuevo y preguntó:

—¿Estás nerviosa?

Mamá rió otra vez en corto:

—Si he de decirte la verdad, se me ahoga con un pelo.

—¿Cómo era la punta: cinco centímetros, cuatro, tres, menos?

Mamá elevó una mano en la penumbra rojiza:

—Una cosa así; aproximadamente dos centímetros y medio, creo yo.

El Fantasma arrojó la colilla a un cenicero de rincón.

—Vamos a ver —dijo—, quítale la ropita. Eso

no hace falta; levántaselo. Así —le empujó tras el cristal, conectó y surgió el zumbido—: Vamos a ver —repitió.

Quico dijo a Mamá:

—Dame la mano.

La respiración de Mamá era muy agitada. El Fantasma murmuraba, con leves intermitencias: «Aquí no hay nada... nada... nada... ¿te hago daño, pequeño?... bueno... nada —le oprimía el estómago y el vientre—: Bueno... aquí tampoco... nada... no se ve nada... a ver... date la vuelta... ¿te hago daño?... tampoco... sí que es raro esto; un cuerpo extraño se acusa en seguida». Le volvió de nuevo y, finalmente, dio la luz. Clavó en Quico sus gafas de montura negra y le dijo a Mamá:

—Salvo que el clavo haya quedado horizontal, la punta hacia mí, no hay explicación posible. No se ve nada.

—Dios mío —musitó Mamá.

—No, bobita, no te preocupes. Estas cosas suelen resolverse solas. Que no se mueva mucho, en particular evita movimientos violentos, fútbol, saltos —jugueteaba con un bolígrafo azul—. Y, luego, que coma espárragos, puerros, pero enteros...

—¿Las hebras también? —preguntó Mamá

—Eso es precisamente lo que quiero decir. La estopa envuelve la punta y protege el estómago y las paredes abdominales.

Mamá denegaba con la cabeza, cada vez más descorazonada:

—Lo intentaré, Emilio —dijo con desánimo—. Pero no tengo ninguna fe; las tragaderas de este niño son una calamidad.

—Es necesario —dijo el Fantasma.

Mamá continuaba moviendo la cabeza de un lado a otro y el Fantasma añadió:

—Y con esas malas tragaderas que dices que tiene, ¿no tosió, ni se atragantó, ni le sobrevino una arcada cuando...?

—Nada —corroboró Mamá—. Cuando le miré estaba congestionado, pero de arcadas y eso, nada.

El Fantasma golpeó varias veces el hule verde de la mesa con la punta del bolígrafo.

—Es extraño —dijo, y miró fija, obstinadamente a Quico—: Este chico es el anteúltimo, ¿no es cierto?

—Sí.

—¿Qué edad tiene el pequeño?

—Es niña, Cristina.

—Es igual, ¿qué edad tiene?

—Un año.

El Fantasma hacía dibujitos caprichosos en un secante y sus labios se entreabrieron en una sonrisa. Quico dijo:

—¿Pintas un tren?

—Eso —dijo él—, un tren. —Y añadió—: De forma que durante dos años y medio éste ha sido el benjamín de la casa, ¿no es cierto?

—Más o menos.

Sobre la cabeza del Fantasma había un cuadro con muchas cabecitas guillotinadas y, en un ángulo, decía: «Facultad de Medicina, 1939-1945». A la izquierda había un calendario con una cunita, un niño dentro y a su lado un viejo barbudo y, al otro lado, un perro manchado, color canela, meditabundo. El Fantasma seguía sonriendo y Mamá dijo:

—¿No irás tú también a sermonearme sobre esas tonterías de los complejos?

—No es eso, pero a todos nos duele dejar de ser protagonistas, no te quepa la menor duda.

—¿El príncipe destronado?

—Exactamente —dijo el Fantasma—, tú lo has dicho. Eso no es una invención. Esa teoría no es una formulación caprichosa. El niño que durante años ha sido eje, al dejar de serlo se defiende; no se resigna; trata de llamar la atención sobre sí.

Mamá pestañeó escépticamente:

—¿Y se traga una punta para eso?

—O lo inventa.

Mamá se impacientaba:

—Mira, Emilio, el niño estaba a mi lado y estoy por decirte que soy testigo de cómo se ha tragado la punta. Le he visto materialmente cómo se la tragaba.

El Fantasma sonrió:

—Bonita —dijo y tomó una mano de Mamá entre las suyas—. La experiencia me dice que hay príncipes destronados que se fingen cojos, se escapan de casa o se sueltan de la mano de la niñera para cruzar la calzada. El caso es atraer sobre ellos una atención que meses antes conseguían sin esfuerzo de su parte. No te diré que sea una enfermedad psíquica, pero se le parece. En estos casos hay que actuar con sumo tacto, de manera que la transición sea insensible. No quiero afirmar que éste sea el caso, pero es muy raro que esa punta no se acuse a rayos, la verdad.

Mamá retiró la mano y se levantó como enfadada con el Fantasma:

—Escucha, Emilio. Desde que me casé me he pasado la vida destronando príncipes y ésta es la primera vez que uno se traga un clavo en represalia.

El Fantasma se levantó también y sonreía con un colmillo de oro, reluciente, y dijo:

—Estás nerviosa, bobita, y lo comprendo. Toma las precauciones que te he dicho, vigila las deposiciones y tenme al corriente.

Mamá taconeaba firmemente en las escaleras de mármol. Quico descendía de su mano, pareando los pies a cada escalón. En el primer rellano se detuvo y levantó su rubia cabeza:

—¿Me ha sacado la punta el médico de la barriga? —preguntó.

—Claro —respondió Mamá—. Ahora tendrás que comer espárragos para curarte del todo.

Quico arrugó las cejas.

—¿Espárragos? —dijo—; ¡qué asco!

Uvenceslao se quitó la gorra para abrirles la portezuela. Mamá se arrellanó en el asiento tra-

138

sero y cogió al niño en brazos. Por un momento su rostro se ensombreció. Le palpó una y otra vez las posaderas:

—Te has repasado, Quico —dijo con la mirada encendida.

—Un poco —admitió el niño, atemorizado.

Pero Mamá, tras la reacción inicial de destemplanza, sonrió generosamente:

—A casa —le dijo a Uvenceslao.

Y, después, estrujó a Quico contra las pieles:

—Ha sido del susto, ¿verdad, chiquitín? Pero ya no lo vuelves a hacer. Ahora te quedas quietecito con Mamá y mañana ya estás curado.

Quico recostó la rubia cabeza en el pecho de Mamá y sonrió:

—Claro —repitió—, ahora me quedo quieto y mañana ya estoy curado, ¿verdad, mamá?

Las 8

Mamá se desprendió del abrigo con majes-
tuosa displicencia y lo entregó a la Vítora y la Vítora le dijo:

—¿Qué dijo el médico, señora?

—Que no lo ve.

—Que no lo ve, ¿cuál?

—¿Cuál va a ser, hija, que preguntáis cada bo-
bada…? La punta.

—¡Ande! ¿Y cómo la va a ver si el niño se la ha
tragado?

—Con los rayos X, mujer.

La Vítora redondeó los ojos y la boca, pero no
dijo nada. Colgó el abrigo en el ropero y se volvió
hacia el niño. Mientras le quitaba el abrigo y la
capucha le decía:

—Ven aquí, Barrabás; que eres más malo que
Barrabás. De la piel del diablo eres tú; ¡madre,
qué crío éste! No gana una para sustos con él.

Pero Quico oyó la música en el cuarto del fondo y echó a correr por el pasillo y, desde la puerta, divisó a Merche y a Teté braceando, culeando, siguiendo el compás del tocadiscos a toda potencia, y a Marcos y Juan, recostados en la mesa, mirando, y Merche canturreaba:

Lo bailan las muchachas y la gente mayor,
pues es el nuevo ritmo
que ha nacido del rock;
la rubia, la morena, pelirroja, da igual.
Tan sólo es necesario
no perder el compás.
Twist, twist, baila el twist, mi amor.
Twist, twist, baila sin cesar
y sentirás el ritmo en ti
con una fuerza que te hará feliz...

De pronto, Merche le descubrió y corrió hacia él y le levantó en brazos y le dijo:

—¿Qué dice el rubito? ¿Es verdad que te has tragado una punta, hijo?

Quico asentía. Le rodearon todos, Teté, Marcos y Juan. Juan dijo, abriendo los dedos pulgar e índice como una pinza:

—¡Jobar! Una punta así de larga.

—Me la ha sacado el médico, anda —dijo Quico.

El disco sonaba a todo volumen cuando se presentó la Domi con Cris en brazos. La puso en el suelo:

—Anda, bonita, échate un tui con el Quico —dijo.

La niña culeó desganadamente mientras Quico braceaba con todo entusiasmo, se enculillaba, se incorporaba, procurando obedecer el compás. La Domi rezongaba:

—Me se duerme en los brazos. No se entretiene con nada, yo no sé qué le pasa.

La irrupción de Mamá les dejó paralizados:

—¿Están todos locos? ¿Es que no saben que el niño no se puede mover? ¡Quico, déjate de bailes y vente a sentar conmigo al salón!, ¿has oído?

Quico salió sumisamente tras ella seguido de Juan. Al llegar al salón, Mamá le entregó un montón de postales y le sentó en una silla, bajo la lámpara.

—Anda, míralas —dijo—. Y a ver si puedes parar quieto hasta que te acuesten.

Dijo Juan:

—¿Son las que pintan los pobres con los pies?

—Los pobres y los ricos —dijo Mamá—. Las pintan con los pies los que no tienen manos —les dejó solos.

Quico le miró de refilón:

—Con los pies, Juan —rió.

Las pasó una tras otra. Juan las contemplaba también por encima de su hombro. Al concluir de verlas Quico las barajó. Quedó en primera posición una vista de un riachuelo con un rústico puentecillo de madera. La cara de Quico se iluminó:

—¿Te acuerdas, Juan —inquirió—, cuando me caí a un río y no me picó nada? ¿Te acuerdas?

—Sí —respondió Juan.

Del cuarto de atrás llegaban ritmos de twist, y de madison y de rock. Juan agarró una postal y la volvió:

—Voy a escribir a Mariloli —dijo.

Quico volvió otra, como hiciera su hermano:

—Y yo —dijo.

—Tú no sabes.

—Sí sé.

—A que no.

—Sí sé.

—No sabes porque eres un pequeñajo.

—¡No soy un pequeñajo!

—Sí.

—¡No! —gimió Quico.

—Un pequeñajo que ni va al cole ni nada.

—¡¡No!! —Quico prorrumpió en un llanto rabioso. Instantáneamente apareció Mamá alarmada:

—¿Qué es lo que pasa?

Quico se explicó entre sollozos:

—Juan dice que soy un pequeñajo y que no sé escribir a Mariloli y que...

Impulsivamente Mamá propinó dos cachetes a Juan. Tras el segundo se quedó con la mano en alto y musitó: «Otro príncipe destronado —agitó la cabeza de un lado a otro y añadió como para sí, malhumorada—: Yo no sé si esta casa acabará siendo el palacio real o un manicomio». Le tendió un bolígrafo a Quico:

—Ten. ¡Escribe! —dijo.

La mejilla sonrosada de Quico casi rozaba la postal. Dibujaba con pulso inseguro, sonriente, palitos y aros bajo la inquisitiva, despectiva, mirada de Juan:

—Ésta es la O —dijo.

—¿Y la A? —inquirió Juan.

—Ésa no sé.

—Lo ves, pues es la O con un rabito; mira, así —le devolvió el bolígrafo.

—¿Así, Juan?

—Sí.

Trazó torpemente un palo vertical y le coronó con un punto:

—Ésta es la I —añadió.

Dibujó unos garabatos entre las letras y al entrar de nuevo Mamá, le mostró la postal orgulloso:

—Es para Mariloli —dijo.

—¡Qué bien! —dijo Mamá—. Escribes ya muy bien. —Retiró las tarjetas. Agregó con voz temblona depositando un plato en la mesita enana—: Ahora el niño es bueno y va a comerse unos espárragos, ¿verdad, mi vida?

Le subió a Quico hasta la garganta una irritación sorda:

—¡Pues que se callen!

—¿Que se calle quién? —preguntó Mamá pacientemente.

—¡Pues que no bailen!

—Anda, Juan —dijo Mamá—, dile a Merche y a sus amigas que dejen el tocadiscos.

—¡Pues que venga la Vito! —añadió el niño.

—Y dile a la Vito que venga —voceó Mamá a Juan que ya alcanzaba la puerta.

—¡Pues... pues...!

Mamá le metió un espárrago en la boca. Quico mordisqueó la punta. Dijo entonces Mamá suavemente:

—Eso son mañas de niño chico, Quico. Anda, come.

Tardó en tragar. Apareció la Vítora. La música había cesado ya:

—A ver, majo; a ver cómo te comes todo el plato como un hombre —dijo la Vítora.

La Domi llegó detrás, con Cristina recostada sobre su pecho, seguida de Juan:

—Señora —dijo—, yo no sé qué hacer con esta cría; me se duerme toda, no hago vida de ella.

Cris cerraba pesadamente los párpados y no conseguía enderezar su negra cabecita. Tan pronto la Domi lo intentaba, la niña se recostaba en ella. Dijo Mamá:

—Déle un vaso de leche y acuéstela. Durmió poca siesta, ¿verdad?

La Domi señaló para el Quico con encono:

—Éstos la despertaron, como siempre.

Mamá animaba incansablemente a Quico, pero Quico cambiaba las hebras estoposas de un lado a otro de la boca y cada vez que intentaba tragar aquella bola áspera, se le amorataba el bigote, le lloraban los ojos y le sobrevenía una arcada:

—No me gusta —dijo tras un esfuerzo.

—Pues lo tienes que comer, tanto si te gusta como si no —replicó Mamá impaciente.

Intervino Juan:

—Los hilos, ¿son para atar el clavo?

—Eso —dijo Mamá—. ¡Vamos, traga!

Quico amenazaba volverse del revés cada vez que dejaba resbalar la bola hasta la glotis y de un golpe de tos la devolvía a la boca y continuaba masticándola, triturándola incansablemente. Y Mamá musitaba: «Dios mío, qué castigo» y, más tarde, «Vamos, traga», y más tarde, «Te doy una peseta por cada bola que tragues, Quico». Mas Quico no lo conseguía y al sonar el timbre y entrar la tía Cuqui se sintió liberado, se tiró de la silla y corrió hacia ella:

—Tía Cuqui —dijo—, ¿me traes la pistola?

La tía Cuqui abrió los brazos para recibirle en ellos y se lamentó:

—Pobre Quico, a la tía Cuqui se le ha olvidado la pistola; la tía Cuqui tiene muy mala cabeza. —Le dejó en el suelo y besó a Mamá—. Hola, guapa —y luego a Juan—. ¿Ya estás bueno? —y, mientras, Quico hurgaba en el bolsillo y decía:

—No importa, como ya tengo otra pistola, ¿verdad, tía?

—¿Tienes otra pistola?

—Sí, mira.

Extrajo el tubo de dentífrico del bolsillo y, al volver el forro, la punta cayó sobre la alfombra verde claro y Mamá chilló:

—¡La punta!

Y Quico miraba el clavo brillante sin pestañear, la bola de estopa inflándole un moflete, paralizado, como un pointer ante la pieza. Mamá insistió:

«¡La punta, es la punta!» —se agachó y la examinó—: «Claro que es la punta» —repitió—, y la tía Cuqui dijo: «¿Qué ocurre con la punta, mujer?», y terció Juan: «Decía que se la había tragado y le han llevado al médico y es mentira».

Mamá hacía extraños visajes con los ojos y sonreía y apretaba los labios alternativamente y, como colofón, zamarreó a Quico con violencia al tiempo que le decía:

—Era para matarte. ¿No te das cuenta de que has dado a Mamá un susto de muerte?

La tía Cuqui sonreía con una expresión piadosa:

—Es pequeño —dijo—. No se da cuenta.

Juan salió corriendo del salón y a los pocos segundos regresó seguido de Merche, Teté, Marcos y la Vítora. Dijo Merche:

—¿Es verdad que es mentira que Quico se había tragado el clavo?

—Mira —dijo Mamá mostrándoselo.

Quico continuaba impasible en el centro del círculo acusador y tan sólo los párpados subiendo y bajando denotaban vida en su rostro.

—¡Jobar, vaya cara! —dijo Marcos.

La Vítora se arrodilló junto a Quico y le miró a los ojos. Sus palabras eran medio caricias, medio reconvención:

—¡Huy, qué chico! —dijo—. ¿Por qué dices que te has tragado la punta, di, si la tienes en el bolsillo?

Quico levantó los hombros y adelantó el labio inferior en señal de protesta. Se sentía acosado. Respondió débilmente:

—El médico me la ha sacado, Vito.

Tía Cuqui rió. Merche rió y dijo riendo:

—¡Qué mentiroso es!

También la Vítora rió nerviosamente:

—Para todo encuentra salida este crío —añadió.

Quico daba vueltas y más vueltas al tubo de dentífrico con los ojos bajos. Intervino la tía Cuqui y le tendió una mano:

—Déjale —dijo—; el niño ya va a ser bueno. ¿Verdad que ya eres bueno, Quico?

A Mamá le estallaba dentro la alegría, pero se fingía contrariada. Le dijo a la tía Cuqui:

—Me ha dado un susto de muerte, mujer; no puedes imaginarte qué tarde he pasado; y lo peor es qué le digo yo ahora a Emilio después de asegurarle que he visto cómo se la tragaba —volvió los ojos a Merche—: Llama a tu padre y dile que ha aparecido la punta, que todo ha sido una falsa alarma. —Se sentó en el sillón frente a la tía Cuqui y añadió—: Vítora, llévese esos espárragos.

Quico la miró implorante:

—¿Puedo escupir la bola? —preguntó.

Mamá le puso bajo la barbilla el cenicero de plata:

—Sí, anda, échala.

Quico la echó. Entonces la tía Cuqui preguntó a Mamá si Papá aún no había regresado y Mamá aclaró: «Tiene una junta», pero se la veía incómoda, como si también ella necesitase escupir la bola, y, finalmente, dijo:

—Nos hemos peleado.

—¿Otra vez? —inquirió la tía Cuqui.

A Mamá empezaron a brillarle los ojos:

—Es insufrible, te lo aseguro.

La tía Cuqui meneó la cabeza varias veces, de un lado a otro:

—Yo con mi hermano no hubiera podido vivir ni dos días —confesó—. Es un carácter el de Pablo que me puede, me saca de quicio, lo reconozco.

Habían marchado todos y Quico miraba las manos pequeñas, nerviosas, limpias de todo adorno, de la tía; Merche se asomó a la puerta seguida de Teté y de Marcos:

—Que bueno —dijo—. Dice Papá que bueno, ¿podemos poner el tocadiscos?

—Sí —respondió Mamá y, cuando salieron corriendo, añadió bajando la voz—: Siempre apunta donde sabe que hace daño. Si sólo fuera discutir, no me importaría, pero Pablo tira golpes bajos a sabiendas, con el mayor encono.

—Siempre ha sido así —admitió la tía Cuqui—. Yo con Pablo no hubiera podido vivir ni dos días.

Mamá carraspeó. Parecía que encerraba más bolas dentro. Dijo con un hilo de voz:

—Lo nuestro hace años que ha terminado —señaló a Quico con la barbilla—. Pero están éstos y hay que fingir. Mi vida es una comedia.

La tía Cuqui se encampanó:

—Eso no —dijo—. El matrimonio se hace y se deshace entre dos. Tuvisteis unas relaciones lo suficientemente prolongadas para conoceros. El matrimonio no se rompe si uno no quiere. Y puesta a hacer comedia, ¿por qué no lo tomas más arriba y finges con tu marido?

Llegaba, muy acolchada, la voz de Hayley Mills, cantando *America the beautiful* y Quico, al oírlo, salió disparado hacia el cuarto de jugar. Marcos, Teté, Merche y Juan rodeaban al toca-discos: Teté marcaba el compás con el pie, mientras Juan se hurgaba en la nariz. Había varias fundas desparramadas sobre la mesa, bajo el Ángel de la Guarda, y Quico las curioseó una por una. Ante la efigie de Gelu se detuvo y señaló con la uña negra el pequeño recuadro de La Voz de su Amo:

—¡Merche! —chilló—. ¿Por qué se pone ahí el perro? Le va a matar.

Respondió Merche:

—¡Ay!, Quiquín, cada día que pasa eres más pequeñajo y entiendes menos las cosas; eso no es una escopeta, ¿sabes?, es la trompa de un gramófono del tiempo de Maricastaña.

Teté sacó de su funda el *Speedy Gonzáles*, de Ennio Sangiusto, y se lo alargó a Merche:

—*Speedy*, Merche —dijo—; es que me chifla.

Juan se puso en pie súbitamente:

—¿Qué hora es? —preguntó.

—Las ocho y media.

—Quico, ¡El Conejo! —voceó Juan.

Salieron los dos, pero Mamá hablaba por teléfono y decía: «Ya... ya... ya... el príncipe destronado... ya... vais a tener razón... sí... claro... no había forma... gracias a Dios...». Quico la interrumpió:

—Mamá, ¿nos dejas subir a ver el Conejo a la tele de la tía Cuqui?

—¡Calla! —le conminó Mamá y sonrió al auricular—: Perdona... es el niño que no me deja oír... precisamente... lo siento... tú dirás... ya... se lo diré... a buena parte vas...

Quico y Juan esperaban anhelantes el fin de la conversación. Mamá reía ahora nerviosamente, como suelen reír las colegialas de dieciséis años la primera vez que se les acerca un muchacho:

—Sí... ya hablaremos... no me atrevo... cualquier otro sitio... sí... ya... claro... sí... de acuerdo... de acuerdo... están aquí... no puedo ahora... también yo tengo ganas... sí, ya lo sabes... lo sabes de requetesobra... bueno... eres tonto... de acuerdo... adiós.

Colgó sin cesar de sonreír y Quico se precipitó:

—¿Nos dejas subir a ver el Conejo?

Mamá no le dejó terminar:

—Andad —dijo, y añadió apresuradamente porque Quico se escapaba tan rápido como se lo permitían sus pequeñas piernas—: ¡Dice el médico que a ver si no le damos más sustos!

Sonó el estampido de la puerta de la calle. Juan y Quico trepaban por las escaleras aceleradamente.

Juan chillaba:

—¡Deliciooooso! ¡Refrescaaaante!

Y Quico salmodiaba:

—Están bonitas por fuera, están riquitas por dentro.

Les abrió la Valen:

—¿Ya estáis aquí? —dijo malhumorada—. La tía ha salido, de modo que ya os estáis largando los dos.

Juan levantó sus ojos oscuros, ribeteados de ojeras, implorantes:

—Valen —dijo—, ¿nos dejas ver el Conejo?

—Sí, ¿verdad?, y luego me ponéis unos suelos que dan miedo. ¿Y quién tiene que limpiarlos? ¡La Valen!

—Nos quitamos las zapatillas, anda.

Vaciló la Valen. Al cabo dijo:

—Pasar, pero quitaros las calzas, ¿eh? No os lo digo dos veces.

Los dos niños se descalzaron. Los muebles de la tía Cuqui brillaban como si tuvieran cristal.

En la caldera de cobre deslumbraba la luz del vestíbulo. El orden, la pulcritud reinaban en la casa. En el cuarto de la tele la tarima resplandecía como el diente de oro del Fantasma. Los dos niños se sentaron en el suelo tímidamente y la Valen conectó el receptor.

El cuadro se adelantó hasta enmarcar el Conejo.

—Ya ha empezado —dijo Juan.

El rostro de Quico se abrió en una sonrisa:

—Mira Porky, Juan.

Y el Conejo le dijo a Porky:

—Estos gandules siempre se nos adelantan.

—Calla —dijo Juan.

El Conejo y Porky entraban en el despacho del Jefe y el Jefe les decía:

—Hay una entrega para la calle de Quincalleros.

Quico pestañeó:

—¿Qué es entrega, Juan?

—Calla.

El Conejo y Porky salieron a la calle con el paquete.

—¡Jobar, cómo corre el Conejo, Juan!

Dijo Juan:

—Es que si lo lleva antes de diez minutos le dan cinco dolares.

—¿Qué es dólares, Juan?

—Pesetas.

—¡Ah!

El Conejo había cogido una patineta y se deslizaba por la calzada, el paquete atado al manillar. Porky le seguía pedaleando en un triciclo. De repente, el Conejo se estrelló contra una farola y el paquete se abrió y rodó por la calzada una bola con un cordel encendido.

—¡Una bomba, Porky! —gritó el Conejo.

Juan y Quico sonreían.

—Les va a matar —musitó Juan morbosamente.

Y la bola reventó —¡¡booooom!!— y el Conejo y Porky volaron por los aires y aterrizaron en un alero y al mirarse el uno al otro vieron que Porky tenía la piel del Conejo y el Conejo la piel del cerdo y Quico y Juan se reían con toda su alma y antes de que se desahogaran, la Valen, que permanecía erguida en la puerta, tras ellos, como un gendarme, indiferente a los riesgos del Conejo y de Porky, les dijo:

—Ale, ahora os ponéis las calzas y a vuestra casa otra vez; ya es hora de acostaros.

Las 9

Pablo encendió la lámpara, abrió el libro, se acodó en la mesa y se sujetó la cabeza entre las manos. Leía apresuradamente, afanosamente, sin mover los labios y, al pasar las páginas, producía un ruido exagerado, como si arrebujase un periódico. Quico le miraba silenciosamente, bajó el marco de la puerta y, al entrar Mamá, corrió hacia ella y se empinó para ver a Pablo por encima de la mesa:

—Ya has venido del cole, ¿verdad, Pablo?

—¿No me ves? —respondió Pablo.

Quico sonrió, pero al observar el ceño de su hermano se calló. Mamá le revolvió el pelo a Pablo.

—¿Estás disgustado? —preguntó.

—Pché —dijo Pablo.

—Ya sabes que conmigo no necesitas disimular —añadió Mamá.

—¿A qué ton voy a estar disgustado? —preguntó Pablo—. Tú siempre quieres saber lo que pasa dentro de uno.

Mamá hacía como que no le oía. No respondía a Pablo sino a sí misma. Dijo:

—Ten valor y dile que no.

Pablo la miró de frente, con firmeza, y Mamá humilló los ojos. Dijo Pablo:

—He dicho a papá que iré e iré, aunque sólo sea por él.

Los ojos de Quico despedían chiribitas.

—¿Vas a ir a la guerra de Papá? —inquirió con entusiasmo.

Le miró Pablo, sorprendido.

—Eso —dijo con aplomada gravedad—, a la guerra de Papá; exactamente es lo que voy a hacer, ¿cómo lo has adivinado?

Mamá examinaba el rostro de Pablo con minuciosa atención:

—No te agrada, ¿verdad?

Pablo se echó repentinamente hacia atrás.

—No lo comprendo, que es otra cosa —respondió, y pareció que iba a continuar, pero se reprimió y, por último, tras una prolongada pausa, añadió—: El padre Llanes dice que asociaciones de veteranos hay en todas partes, pero, en nuestro caso, sólo serán eficaces si vamos unidos los de un lado con los del otro. Juntos, ¿comprendes? Es la única manera de olvidar viejos rencores.

Mamá asintió con la cabeza.

—¿Eso dice un cura? —inquirió.

—Eso, pero Llanes es de los jóvenes.

Mamá hablaba ahora como entristecida, como si tuviera mil años. Aclaró:

—Si los viejos no les confunden, los jóvenes suelen ver claro; seguramente el padre Llanes tiene razón.

Pablo entornó los ojos para preguntarle a Mamá:

—Tú no estás segura de nada, ¿verdad, mamá?

Mamá no respondió al pronto; tomó a Quico de la mano y anduvo dos pasos y, entonces, se volvió y le dijo a Pablo:

—De pocas cosas, hijo. Cada día de menos cosas. —Y antes de cerrar la puerta agregó—: Haz lo que creas más conveniente.

Mamá condujo a Quico a la cocina. El transistor de la Vítora facilitaba el parte meteorológico y hablaba de un anticiclón en las Azores y Quico dijo:

—¿Es un bicho muy grande, muy grande?, di, Vito.

—¿Cuál, hijo?

—Lo que ha dicho la radio.

Mamá intervino:

—El anticiclón es el sol; es... cuando hace bueno.

—Entonces —dijo Quico—, nos vamos ya a San Sebas con Mariloli...

—Todavía, no —añadió Mamá y, después, a la

Vito—: Déle de cenar, pero no le fuerce. El calcio, sí, lo olvidé a mediodía.

Salió Mamá y entró Juan, y Quico dijo:

—Juan, Pablo se va ir a la guerra de Papá.

—¿Sí?

—Sí, lo ha dicho.

—¡Dios! —Se abrió su profunda mirada entoldada—: Yo, cuando sea mayor también quiero ir a la guerra de Papá y matar más de cien malos. ¿Tú, Quico?

Los ojos de Quico se iban empequeñeciendo a medida que se ensanchaba la noche. Replicó:

—Yo... yo cuando sea mayor quiero ser guardia.

—Sí —dijo Juan—, ¿y si te pilla un coche?

—Pues mato al señor del coche.

Juan sonrió con suficiencia de adulto:

—Pero si estás muerto...

—Pues le mato yo antes.

La Vítora pasó la tortilla de la sartén al plato y colocó éste sobre el mármol blanco. Arrimó una silla:

—Ven acá —acomodó a Quico en sus piernas.

Quico engullía la tortilla con relativa rapidez.

—Esto te gusta, ¿eh, granuja? —dijo la Vítora.

—Como no me se hace bola...

El transistor cantaba ahora *Doña Francisquita*.

—¡Madre, qué perra han cogido!

Quico cesó de masticar:

—¿Quién ha cogido una perra, Vito?

—Anda, come y calla.

Entró la Domi y, a poco, Mamá:

—¿Qué tal come?

—Bien, ya ve, el huevo.

Quico la miró:

—¿Verdad, mamá, que Pablo se va a la guerra de Papá, verdad, mamá?

—Mañana —dijo Mamá.

Quico miró a Juan.

—¿Ves? —dijo triunfalmente.

La Domi iba y venia del cuarto de plancha. Una de las veces se encaró con Mamá y dijo con resolución:

—Digo, señora, que la cuenta.

—¿La cuenta? ¿Qué cuenta, Domi?

—Ande, señora, ¿cuál va a ser?, la mía.

Abría y cerraba los párpados como el muñeco de Cris, como si fuera a llorar. Y como quiera que Mamá la mirase desconcertada agregó:

—Me marcho.

—¿Se marcha?

—Ande, a ver, ¿no me ha despedido?

Se aclaró la mirada de Mamá. Dijo:

—Domi, no trabuque las cosas a su gusto, yo no la he despedido, la he regañado, que es distinto, porque creí que debía regañarla, pero los niños la quieren y yo estoy contenta con usted, de modo que piénselo.

La Domi se reducía, se arrugaba como una ciruelita pasa. Sacó del pecho la vocecita de Rosita Encarnada para decir:

—Ande, por mí.

—Pues no hablemos más —añadió Mamá contundente—. ¿Acostó a la niña?

—Como un angelito, si usted la viera. Estaba muerta de sueño.

Mamá entornó la puerta para salir. Miró a la Domi:

—En cuanto a lo de su hijo, recuérdemelo. Se lo diré al señor; a ver si él puede hacer algo.

Salió. La Domi hizo un gesto con el pulgar.

—Ya la has oído —dijo—, ahora se vuelve atrás.

La Vítora se sofocó:

—¡Y usted! —dijo furiosa—, sólo le faltó ponerse de rodillas. Claro que a su edad, ¿dónde va a ir que más valga?

—Vamos, calla la boca, tú —respondió la Domi, enfadada.

La Vítora llenó una cuchara sopera del gran frasco blanco y se la dio a Quico. Quico cerró los ojos y tragó. Después se pasó con fuerza, reiteradamente, el antebrazo por los labios.

—¡Qué asco! —dijo.

La Domi abrió el portillo de bajo el fogón y sacó un cantero de jabón. Miró al Quico.

—No vi nunca criatura más asquerosa para comer —dijo y se dirigió al cuarto de plancha.

La Vítora dejó la cuchara en la fregadera y se puso en jarras:

—Ya está usted con el jabón; mire que la ha cogido modorra.

160

Los ojos de Quico se tornaban pequeñitos y apagados. Metió la mano en el bolsillo y extrajo el tubo vacío de dentífrico. Lo destapó y sonrió, con una sonrisa lejana y corta:

—Mira, Vito, una pistola.

—Sí, majo.

Regresó la Domi:

—Anda que el Femio, ni un perro se marcha así.

—No me lo miente —dijo la Vítora. Levantó la voz—: ¡No me lo vuelva a mentar!

Juan salió de la cocina y Quico tras él. Quico avanzaba por el pasillo cansinamente. En el cuarto no había nadie. Estaba recién ventilado y olía al frío húmedo, neblinoso, de la calle. Quico miró con aprensión al Ángel de la Guarda, luego sus ojos toparon con las tijeras de uñas, sobre la mesa. Guardó el tubo de dentífrico y las cogió.

—Yo era Blas —dijo.

Juan le miraba desganadamente, pero su interés fue creciendo a medida que Quico se acercaba al enchufe del zócalo y abría las puntas de las tijeras:

—¿Qué vas a hacer?

—Arreglar la luz —respondió Quico—; yo era Blas.

Fue aproximando lentamente las puntas de las tijeras a los agujeros del enchufe y cuando se produjo el contacto saltó una llamarada azul y Quico dijo «¡ay!», y se oyó el tintineo de las tijeras contra los baldosines y, simultáneamente, se hicieron las tinieblas.

—Me he quemado, Juan —dijo Quico en la oscuridad y se le oía frotar la mano contra la ropa—; me hace como cosquillas.

Sonó lejana la voz de Mamá:

—¿Qué pasa?

Y, al cabo, la voz de la Vítora:

—Nada, señora, el chivato.

Pero Juan voceó:

—¡Ha sido Quico que ha metido las tijeras en el enchufe!

Al tiempo que se hizo la luz, Mamá apareció por el extremo del pasillo, taconeando firmemente y, detrás, Pablo, Marcos, Merche, la Domi y la Vítora. Quico permanecía sentado, mirando el enchufe chamuscado y las tijeras diabólicas en el suelo, restregando la manita contra el jersey rojo. La voz de Mamá era tonante e implacable como la de un general:

—¿Cómo está este niño levantado? —Le tomó por un brazo y Quico cerró los ojos y encogió el trasero, esperando el azote, pero el azote no se produjo y Mamá sólo le zarandeó mientras chillaba—: ¡Un día te vas a morir! ¿A quién se le ocurre meter las tijeras en el enchufe? Te ha dado la corriente, ¿verdad?

Quico no respondió. Observaba los rostros expectantes de sus hermanos y su consuelo fue grande al ver que Merche le guiñaba un ojo y le sonreía. Luego, uno a uno, fueron desfilando todos hacia el salón, decepcionados. La Vítora le agarró de la mano:

162

—Vamos, hijo —dijo—; vámonos a la cama.

Entró con él en el cuarto de baño amarillo, levantó la tapa y le puso de pie sobre la taza.

—Haz un pis bien grande —añadió sosteniéndole por la cintura.

Quico, la barbilla incrustada en el pecho, observaba el arco delgado y transparente que, misteriosamente, proyectaba su cuerpo. Al concluir, escurrieron cuatro gotitas y el breve apéndice se desmayó. Se despabiló de repente.

—¡Huy! —dijo—, me se dobla el pito.

La Vítora le tomó por las axilas.

—A ver —respondió. Apagó la luz del aseo al salir.

—¿Por qué me se dobla el pito, Vito?

—Como es de carne. Si fuera de madera o de hierro...

La Vítora le puso de pie sobre la cuna. Dijo Quico:

—De carne cocida, ¿verdad, Vito?; el pito es de carne cocida.

—A ver; de carne cocida.

Las manos agarrotadas de la Vito iban desembarazándole del jersey rojo, los pantalones, la blusa azul y los calzoncillos y ella depositaba las prendas, cuidadosamente dobladas sobre la butaca forrada de plástico. Quico bostezó aparatosamente.

—Estás que te caes de sueño, ¿eh?

El niño asintió. Miraba al Ángel de la Guarda, y al sillón rameado y a las escalerillas metálicas, y a las camas vacías de sus hermanos flanqueando su cuna, y al Arco Iris. La Vítora se sentó en la cama de Marcos, sentó a Quico sobre sí y le quitó las zapatillas y los calcetines. Tomó el pijama amarillo:

—Anda, mete…; no, la otra mano, así.

Le abotonó la chaqueta hasta el cuello y dijo:

—A ver si no te meas la cama como ayer, que ya eres un mozo.

Abrió la cuna y depositó al niño entre las sábanas blancas. Dijo Quico:

—Y si no me hago pis voy al cole con Juan.

—A ver.

—¿Mañana?

—No hay día más cerca. A ver: «Jesusitooo…».

Quico bostezó de nuevo y, al concluir, paladeó el bostezo y prosiguió:

—De mi vida, eres niño como yo, por eso te quiero tanto y te doy mi corazón.

Dijo la Vito:

—Tuyo es.

—Mío no —respondió el niño.

La Vítora le arropó maternalmente. Dijo de súbito:

—No hemos rezado por el Femio. ¿Quieres que recemos un poco por el Femio, Quico?

—Sí, Vito —respondió Quico, medio dormido—. ¿Se va el Femio a la guerra de Papá?

La Vítora suspiró hondo:

—Para el caso. A ver, junta las manos, así. «Jesusitooo…»

—... de mi vida, eres niño como yo, por eso te quiero tanto y te doy mi corazón.

—Tuyo es...

—Mío no.

—Que el Femio haga buen viaje, amén —concluyó la Vítora.

Le arropó de nuevo de forma que únicamente asomaran por el embozo los ojos y el gran flequillo rubio y, finalmente, le besó en la frente ruidosamente:

—Hasta mañana, y a ver si no te meas la cama.

Apagó la luz y cerró la puerta. Quico permaneció unos segundos inmóvil, traspuesto, pero al oír el chasquido abrió unos ojos terriblemente dilatados y, girándolos en las órbitas, sin moverse, divisó el resplandor que se adentraba por el montante y, en la penumbra, la inmovilidad amenazadora del Ángel de la Guarda y sus ojos y sus alas y, de improviso, los cuernos y el rabo y, entonces, gritó con todos sus pulmones:

—¡Vito!

Pero nadie acudió y el Demonio empezaba a rebullir y, a su lado, al pie de la cuna divisó al Moro muerto y tornó a vocear:

—¡¡Vito!!

Fue Domi la que entró:

—¿A santo de qué armas este escándalo? ¿Qué es lo que quieres, di?

—Agua —dijo Quico, repentinamente apaciguado y, bajo la luz, al amparo de la Domi, el Demonio volvía a ser el Ángel de la Guarda, sin cuernos ni rabo, y el Moro, el orinal verde de plástico, y cuando retornó la Domi y le dijo: «Toma, agua», él bebió un buche y dijo: «Sí, Domi», y la Domi gruñó: «Y no me pidas agua ni vino porque no vuelvo a venir, ya lo sabes», y él respondió: «Sí, Domi» y se tumbó y apretó los párpados para no advertir el advenimiento de las tinieblas, mas al sentir el ruido de la puerta, abrió un ojo, y, en la penumbra, divisó a Longinos levantando la mano con una enorme jeringa y, detrás, al Soldado, acurrucado, con un puñal, en actitud de clavarle, y sin acertar a dominarse voceó otra vez:

—¡Vito!

Mas, a su grito, Longinos se puso en marcha y el Soldado se incorporó y Quico, aterrado, se cubrió cabeza y todo llorando a gritos y repitiendo histéricamente: «Vito, Vito, ven», pero, nuevamente, acudió la Domi y dio la luz y se plantó a los pies de la cuna, los brazos cruzados sobre el pecho:

—¿Puede saberse qué tripa se te ha roto ahora? —preguntó acremente.

Longinos no era ya Longinos, ni remotamente, sino el costado de la librería con el jarrón encima y el Soldado tampoco era el Soldado, sino la butaca de plástico, con su ropita minuciosamente doblada, y Quico dijo:

—Quiero pis.

—¿No te ha puesto la Vito?

—No.

Le incorporó y le arrimó el orinal de plástico verde. Aguardó pacientemente:

—Ya ves —dijo, al cabo— cuánto pis, cuatro gotas. Lo que hace falta es que no te mees la cama, marrano.

Quico volvió a tenderse y se tapó los ojos cerrados con el embozo, pero, apenas lo había hecho, cuando sintió sobre sí un frenético aleteo y chilló de nuevo:

—¡Domi!

La Domi abrió la puerta:

—Buena nos ha caído —rutó—. ¿Qué es lo que quieres ahora?

La voz de Quico era agresiva:

—¡Pues que no cierres!

La Domi dejó la puerta entornada, mas al sentir los pasos que se alejaban, Quico volvió a gritar:

—¡Domi!

—¿Qué?

—¡Pues que se acueste Pablo!

—Pablo tiene que cenar, de modo que ya lo sabes.

—¡Pues... pues... pues que venga Mamá

—Tu mamá está ocupada.

—¡Pues quiero que venga!

—A dormir —cerró la puerta.

—¡¡¡Mamá!!!

Oyó los tacones de Mamá a lo lejos, en el entarimado y la Domi abrió la puerta. Su voz se hizo meliflua, extrañamente acariciadora:

—Quico, hijo, ¿no ves que tu mamá tiene que cenar?

Los tacones de Mamá repicaban ahora en los baldosines del pasillo. Oyó su voz:

—¿Qué pasa?

—Ya ve, que no se quiere dormir —respondió la Domi.

Pero Mamá ya estaba junto a él y se sentó en la cama de Marcos y le decía suavemente:

—¿Qué pasa, Quico? ¿Tienes miedo?

—Sí —musitó Quico.

—¿Y a qué tiene miedo mi niño?

Quico sacó la mano por el embozo y, a tientas, buscó la de Mamá. Mamá se la oprimió entre las suyas y él notó en seguida el calor protector:

—Venía el Demonio cuando tú no estabas y me llevaba de los pelos al infierno, con el Moro, y luego Longinos me pinchaba y el Soldado iba con el puñal de dos filos, y el Fantasma...

—Huy, cuántas historias; ¿quién te cuenta esas historias, Quico?

La voz de Mamá amansaba sus nervios y, en la penumbra, todo tenía ahora su perfil normal. Dijo Quico:

—La Domi.

—Esa Domi... —dijo Mamá.

Descendía sobre él el sueño, un sueño pesado, irresistible, pero aún oprimió dos veces la mano de Mamá antes de que sus deditos se aflojaran y su respiración se acompasase. Mamá permaneció unos minutos a su lado y, luego, se incorporó quedamente, introdujo la mano de Quico bajo las ropas y abandonó la habitación andando de puntillas. Al llegar frente a la puerta de la cocina, la Domi le salió al paso:

—¿Qué quería el niño, señora?

—Mi mano —dijo Mamá.

—¿Su mano?

—Tenía miedo.

—¡Ah!

La Domi relajó su expresión y en sus ojos brilló una chispa de ternura:

—A saber qué tendrá la mano de una madre —dijo.

Mamá adoptó un gesto duro para replicar:

—Lo malo es luego —dijo—, el día que falta Mamá o se dan cuenta de que Mamá siente los mismos temores que sienten ellos. Y lo peor es que eso ya no tiene remedio.

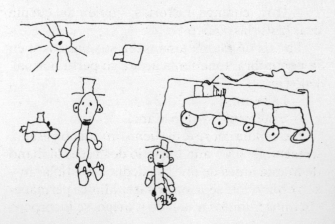